A ESCADARIA DA ESCURIDÃO

Marcus Sedgwick
A ESCADARIA DA ESCURIDÃO

Tradução de Paulo Reis

Título original
THE DARK FLIGHT DOWN

Primeira publicação na Grã-Bretanha em 2004
pela Orion Children's Books,
uma divisão da Orion Publishing Group Ltd
Orion House
5 Upper St Martin's Lane
Londres WC2H 9EA

Copyright © Marcus Sedgwick, 2004

O direito de Marcus Sedgwick a ser identificado
como autor desta obra foi assegurado.

Todos os direitos reservados. Nenhuma parte desta obra pode ser reproduzida, ou transmitida por qualquer forma ou meio eletrônico ou mecânico, inclusive fotocópia, gravação ou sistema de armazenagem e recuperação de informação, sem a permissão escrita do editor.

Direitos para a língua portuguesa reservados
com exclusividade para o Brasil à
EDITORA ROCCO LTDA.
Av. Presidente Wilson, 231 – 8º andar
20030-021 – Rio de Janeiro – RJ
Tel.:(21) 3525-2000 – Fax:(21) 3525-2001
rocco@rocco.com.br
www.rocco.com.br

Printed in Brazil/Impresso no Brasil

CIP-Brasil. Catalogação na fonte.
Sindicato Nacional dos Editores de Livros, RJ.

S453e   Sedgwick, Marcus
        A escadaria da escuridão/ Marcus Sedgwick; Tradução de Paulo Reis.
        Rio de Janeiro: Rocco, 2012.

        Tradução de: The dark flight down
        ISBN 978-85-325-2741-7

        1. Ficção inglesa. I. Reis, Paulo. II. Título.
11-8629.   CDD-823
                                                      CDU-821.111-3

para
Pippa

PRÓLOGO

Meia-noite na Corte Imperial do Imperador Frederick III. A costumeira multidão de sicofantas, alquimistas, astrólogos, médicos, curandeiros, boticários, nobres, vagabundos, padres, atores e ocultistas se dispersou quando anoiteceu.

O imperador está sentado no trono, aparentemente sozinho, meditando. Ele ergue a mão pálida, devagar e preguiçosamente.

– Maxim! – exclama em tom ridiculamente agudo. – Merda, onde você está, Maxim?

Das sombras atrás do trono, surge um vulto alto e corpulento, envolto num manto vermelho-escuro, que agita a poeira no chão de mármore da Corte. É Maxim, o braço direito do imperador, além de seu confidente e oráculo.

– Majestade? – diz Maxim, passando a mão pela cabeça raspada. Ele está cansado, mas toma cuidado para não demonstrar isso a Frederick.

– Aí está você! – declara Frederick, sem emoção. – Aí está você...

– Majestade – diz Maxim, pronto para cumprir as ordens do imperador.

– Maxim, quantos anos de vida ainda me restam?

Maxim hesita um pouco antes de responder, tentando calcular quantas vezes já teve essa mesma conversa com o imperador. Depois, fica deprimido ao pensar em quantas vezes *mais* ainda terá.

– Já calculamos, sem sombra de dúvida, que Vossa Majestade alcançará uma idade venerável.

Ele se curva para enfatizar a importância de suas palavras, na esperança de que isso baste para fazer Frederick feliz.
– Sim – diz Frederick, nada feliz. Erguendo o dedo comprido e fino, ele coça o lado do nariz. Alguns flocos de pele saem flutuando pela penumbra da Corte deserta. – Mas você diria que isso é... exatamente quanto tempo?
Maxim suspira interiormente, prevendo que a conversa não será breve.
– Ah, nossos melhores pensadores estão convencidos de que Vossa Majestade viverá até... cem anos! – diz ele em tom alegre.
Frederick fica calado por alguns instantes, e Maxim começa a se afastar sorrateiramente.
– Mas e depois? – exclama Frederick de repente.
Maxim volta apressadamente ao pé do trono.
– Bom, temos todos os direitos e motivos para supor que Vossa Majestade viverá até os 120 anos – diz ele. – Não há razão para pensar o contrário.
– Hum, entendi. Cento e vinte.
– Majestade – diz Maxim, criando coragem para se retirar da presença do imperador.
– Mas e depois? E depois, Maxim? E depois?
Maxim se sente cansado. Gostaria muito de já estar dormindo em seus aposentos no andar superior. Mas sabe que isso tem pouca chance de acontecer agora. Mesmo assim, toma cuidado para não demonstrar sua fadiga e irritação.
– Depois, Vossa Majestade poderá receber a graça de morrer.
Isso deve calar a boca dele, pensa Maxim, curvando o corpanzil ao máximo e quase caindo em cima do nariz.
– Morrer? – geme Frederick. – Morrer? E depois?
Maxim levanta a cabeça bruscamente, já irritado além da conta pela voz do imperador.
– Bom, Majestade, haverá... luto – diz ele bastante devagar, olhando para o teto. – Um período de grande tristeza por toda

a Cidade. O povo parará tudo a fim de... recordar o grande Frederick, e celebrar. As pessoas farão...

Maxim hesita, abandonado pela inspiração. Baixa o olhar e nota que o imperador está fazendo cara feia para ele.

– As pessoas farão o quê?

Maxim diz: – Majestade, as pessoas farão... bum, bum.

– Bum, bum? – pergunta Frederick. – As pessoas farão bum, bum? Em nome dos céus, o que significa isso? Uma celebração? Fogos de artifício? É isso? Isso é tudo que restará do meu reinado?

Maxim encara o imperador, abre as mãos, e ao menos dessa vez se vê sem palavras.

Frederick levanta. Mesmo de pé, seu corpo baixo e magricela fica pequeno ao lado do trono imponente.

Ele aponta para Maxim.

– Elas não farão "bum, bum", porque eu não vou morrer! Jamais. Vou chegar a cem anos, depois a mais cem, e depois a mais cem ainda. Entendeu, Maxim? Entendeu? Eu sou o último da minha linhagem... você sabe disso, como todo mundo. Não tenho parentes ou prole. Se eu morrer, a corrente se quebrará. Será o fim. O Império não terá imperador. Só há uma resposta. Eu não vou morrer! Você, meu servo fiel, cuidará disso. Eu não posso morrer, e você vai garantir isso.

Maxim hesita. O imperador é um idiota. Além disso, é mentiroso. Algumas coisas não podem ser esquecidas, ou facilmente escondidas como Frederick gostaria, mas Maxim não ousa dizer isso a ele.

– Mas Majestade, eu...

– Não adianta. Eu já decidi. Ou você descobre um jeito de me tornar imortal, ou terá um fim mais rápido do que espera. Agora suma da minha vista, e arranje alguém para me carregar até a cama. Você não tem noção de como é ruim para mim passar o dia inteiro sentado neste trono.

– Não, Majestade – diz Maxim, já puxando a corda de uma campainha.

– E não esqueça! Descubra um jeito de me fazer viver para sempre. Ou então...

Maxim viu, com um arrepio já familiar de pavor, o velho e débil imperador passar o dedo magricela pela própria garganta.

– Xofti!

A CIDADE

O lugar de lembranças apagadas

1

A Cidade passou aquele inverno congelada, fria feito ferro e imóvel feito pedra. Quando as neves vieram, chegaram para ficar. Tudo começara com nevascas que pareciam enraivecidas contra alguma coisa. O vento lançava flocos de neve sobre as ruas imundas e os prédios arruinados da Cidade. Isso fora durante os últimos dias do ano, quando Menino e Willow haviam sido arrastados pelo mago Valerian em sua tentativa frustrada de sobreviver.

No começo do Dia de Ano-Novo, a fúria do tempo diminuíra. Mesmo assim, dia após dia, grandes flocos macios de brancura imaculada caíam delicadamente. Cobriam a lama e a sujeira, escondendo a podridão da velha Cidade sob uma grossa camada de juventude alva e pura.

A neve disfarçava telhas e chaminés quebradas. Eliminava todos os traços de muros dilapidados e parapeitos apodrecidos. Estendia um tapete branco, limpo e macio sobre as vielas, ruas e avenidas. E trocava esse tapete toda noite.

Era como se a neve estivesse tentando purificar a Cidade esquálida, ou pelo menos ocultar o seu mal sob o manto do esquecimento. A cada noite, tudo que era velho, horrível e sinistro era substituído por algo novo, jovem e belo.

Mas esse renascimento tinha um preço. Fazia um frio de amargar, e a Cidade ficava profundamente congelada, mortalmente imóvel.

E, com isso, algo dentro de Menino também se congelava.

Coisas demais haviam acontecido depressa demais. Valerian, por exemplo. Menino nem conseguia pensar nele, para poder entender o mago. Mal conseguia sentir alguma coisa. Ele ainda lutava para colocar em ordem, que dirá compreender, os acontecimentos nos dias mortos ao final do ano que acabara de morrer, levando Valerian embora. E, além da morte de Valerian, havia aquilo que Kepler dissera pouco antes do fim. Era algo que desde então vinha atormentando o cérebro de Menino, mas que ele não sabia se era mesmo verdade.

Que Valerian era pai de Menino.

E quando o ano novo que acabara de começar completara suas primeiras horas de vida, Menino perdera o único consolo que ainda tinha.

Willow.

— Vamos, Menino. Está na hora.

Por um instante, Menino parou de observar a neve que caía diante da janela. Ele vinha tentando acompanhar o trajeto de cada floco até o chão, mas sem saber direito por que fazia aquilo. Estava quase obcecado. Cada floco que caía escondia um pouco mais o sombrio horror da Cidade. Escondia o horror, e amortecia a lembrança. Se continuasse a nevar, talvez o horror também desapareceria.

Ele voltou a atenção para a neve.

– Menino! – disse Kepler. – Está na hora de ir.

Menino virou para seu novo patrão.

– Hora de quê?

Kepler entrou no quarto de Menino. Era um quarto pequeno, mobiliado singelamente com uma cama, uma cadeira e uma pia. Mas parecia luxuoso comparado ao espaço minúsculo que ele ocupava na casa de Valerian. Menino ainda não se acostumara com aquilo, e acordava com frequência no meio da noite, sentindo-se exposto e vulnerável, como que ameaçado pela morte. Mas talvez isso tivesse pouca relação com o quarto novo.

Kepler aproximou-se da janela, estendendo a mão magricela para o ombro de Menino, que se esquivou e afastou o corpo. Kepler fez uma cara feia e recuou.

– Hora de ir ao enterro – disse ele com rispidez. – Você não quer ir ao enterro?

Menino assentiu, e indagou: – Hoje já é dia cinco?

Kepler ignorou a pergunta.

– Encontro você no vestíbulo daqui a cinco minutos – disse ele, saindo.

Menino já estava observando a neve. Cinco de janeiro. Dia do enterro de Korp. Menino não conseguia acreditar que cinco dias já haviam se passado desde que Valerian morrera.

Deveria haver um enterro para ele também, pensou Menino. Mas nada havia a enterrar.

Só mais vinte flocos, disse Menino para si mesmo, *e depois eu vou me aprontar*. Ele ficou vendo a dança intrincada da neve ao cair, tentando adivinhar que direção cada floco tomaria, se passaria por cima do muro do jardim ou no último instante mudaria de rumo e engrossaria ainda mais o meio metro de neve já acumulado sobre o topo. Depois de algum tempo, deixou de predizer e começou a tentar influenciar a jornada da neve, empurrando mentalmente cada floco no ar congelado diante da janela, embora soubesse que aquilo não passava de um devaneio.

– Menino! Está na hora de ir.

Menino desviou o olhar da janela, agarrou o casaco sobre o encosto da cadeira, e correu para a porta.

– Estou indo! – exclamou. Ele não queria perder o funeral. Nem tanto por querer enterrar Korp, o diretor do teatro onde ele e Valerian se apresentavam. Korp fora assassinado poucos dias antes do fim do próprio Valerian. Menino até gostava daquele velho gorducho, e sentia que devia homenagear o diretor comparecendo ao enterro. Mas não era realmente por isso que ele queria estar lá. Recentemente passara tanto tempo em cemitérios que nunca mais desejava pisar num deles.

A razão verdadeira era Willow. Menino tinha esperança de que ela estivesse lá.

Cinco dias haviam se passado desde que ele vira Willow pela última vez. Mas esses dias haviam sido um longo sonho enevoado, no qual ele lutara para controlar os acontecimentos e fracassara, incapaz de pensar ou agir com clareza.

Kepler mandara Willow embora.

Poucas horas depois da morte de Valerian, Kepler voltara a se juntar a eles, que continuavam escondidos nas ruínas da Sala da Torre, na casa do mago.

– Menino, você vai trabalhar para mim agora – dissera ele. – Já fiz meus preparativos. Vá para a minha casa. Espere por mim lá. Willow, venha comigo. Preciso da sua ajuda.

Mas aquilo fora um truque. Ele não precisava de Willow. Só deixara a menina em algum lugar, e voltara sem ela.

Menino gritara com Kepler quando descobrira o que acontecera. Embora fosse tímido e temeroso diante de Valerian, não sentira a menor dificuldade para se enraivecer com Kepler, nem medo de gritar com ele.

– Traga Willow de volta! – berrara ele com o novo patrão, que estava parado abanando a cabeça lentamente. – Você não pode fazer isso conosco! Willow é tudo que eu tenho agora. Ela precisa voltar.

Kepler continuara abanando a cabeça.

– Nada disso, Menino. Agora você conta comigo. Nós vamos nos conhecer melhor. Eu preciso de você, e Valerian já cuidou parcialmente da sua educação.

– Para que você precisa da minha ajuda?

Kepler hesitara, e Menino não gostara de ver isso.

– Preciso que você me ajude nos meus planos. Com o tempo, nós vamos gostar um do outro. Por enquanto, você só precisa saber disso.

Menino dissera: – Eu não... eu só quero Willow. Por que ela não pode morar aqui também?

– Não se preocupe, ela ficou num lugar bastante seguro – continuara Kepler. – Está trabalhando, portanto poderá cuidar de si mesma. Você não precisa mais pensar nela.

– Você vai me contar onde ela está! – exigira Menino. – Eu quero ir até lá!

Menino gritara e urrara. Mas Kepler se mostrara inflexível, e deixara que ele ficasse sozinho no quarto novo.

Desde essa explosão, Menino passara o tempo olhando pela janela, ruminando. Tentava dar sentido a coisas que não faziam sentido. Será que Valerian sempre fora seu pai, sem que ele soubesse? E Kepler? Por que ele quisera afastar Willow dali? Por que achava que precisava da ajuda de Menino? Kepler era suficientemente rico para empregar uma dúzia de ajudantes. Por que *ele* era tão especial?

As respostas se recusavam a vir. Enquanto os dias passavam, Menino foi ficando hipnotizado pela neve que caía, aparentemente com a intenção de jamais parar.

Uma vez Valerian lhe contara que cada floco de neve era diferente de todos os outros. Cada um tinha um formato próprio, uma identidade própria. Enquanto os flocos caíam do céu, Menino fora descobrindo que cada um tinha um comportamento próprio. Nenhum caía da mesma forma que outro. Cada um era único... exatamente como as pessoas, pensara Menino. E quando o floco de neve pousava no lugar errado, num telhado quente ou num lago, desaparecia instantaneamente, para sempre. Sua natureza única se perdia.

Os pensamentos de Menino haviam se voltado para Valerian e Willow. Com um susto, ele percebera que não conseguia recordar claramente o rosto dela, embora os dois houvessem se separado poucos dias antes. Precisara se esforçar para recuperar a lembrança da cabeleira e dos traços delicados dela. Só ficara satisfeito ao visualizar Willow com clareza novamente.

Menino desceu correndo a escada da casa de Kepler, e encontrou o novo patrão esperando impacientemente por ele.

Os dois partiram pela Cidade coberta de neve.

– Vamos logo – disse Kepler em tom irritado. – Está fazendo um frio gélido outra vez, e não quero desperdiçar o dia todo num cemitério pavoroso.

Menino foi caminhando ao lado dele, desviando da nevasca acumulada profundamente nos cantos e fendas, mas, mesmo assim, precisando atravessar lugares em que a neve chegava até os joelhos. A cada passo, ele esmagava a identidade de mil flocos, mas não sentia dor alguma por isso.

Sua mente estava concentrada em Willow, e no motivo que levara Kepler a querer separar os dois.

Poucas horas depois da morte de Valerian, Menino se vira sob o controle do suposto amigo do mago, Kepler. Ele descobrira que, na realidade, Kepler era inimigo mortal de Valerian, e que tramara a morte dele. Era uma história amarga. A visão de Willow faria com que ele se lembrasse de sanidade, gentileza e amor, mesmo que ela não tivesse explicação para a loucura do mundo dele.

Embora estivesse vivendo atordoado desde o Ano-Novo, Menino conseguia sentir coisas novas começando a surgir na sua mente. Por exemplo, ele sentia algo por Willow. Talvez estivesse vendo as coisas como realmente eram. Sabia que um dia poderia enxergar sua vida com Valerian sob uma luz diferente. Pressentia que as verdadeiras dificuldades da vida estavam sempre por vir... o futuro, com todas as suas armadilhas, surpresas e incertezas, esperava ser encarado.

Menino achava que aquilo tinha a ver com ficar mais velho.

O enterro teria lugar na pequena igreja de Santo Hilário, no Bairro das Artes, a pouca distância do velho teatro, que permanecera fechado desde o assassinato de Korp. Enquanto eles se aproximavam do local, de repente Menino se lembrou de algo que esquecera por completo. Ele ainda era procurado pelos Vigilantes da Cidade, suspeito de ter assassinado Korp. Tal como Willow.

– Espere! – disse ele para Kepler.

– O que foi, Menino? – disse Kepler, parando. – Nesse ritmo nós vamos chegar atrasados. Eu não sabia que a neve estava tão forte.

– Os Vigilantes. E se eles forem ao enterro... procurando por mim e Willow?

– Não é preciso ter medo disso – disse Kepler. – Já andei perguntando por aí. Eles mudaram de ideia. Pensam que o Fantasma assassinou Korp. Quando pararam e analisaram, observaram muitas semelhanças entre o assassinato dele e de outras vítimas. A força excessiva. A considerável perda de sangue. Não é algo que poderia ter sido feito por você ou Willow.

Menino se sentiu apenas parcialmente tranquilizado. A experiência lhe dizia que os Vigilantes eram um bando de idiotas, que mudavam de ideia a toda hora. Mas a chance de ver Willow valia o risco de ser preso.

Eles estavam no final de uma viela estreita que dava para uma praça pequena chamada Largo do Bem. Do outro lado, Menino avistou a lateral da Santo Hilário. Parecia que a igreja fora enfiada à força no meio dos prédios mais altos ao redor, mas na realidade tinha sido erguida primeiro.

Menino e Kepler foram rodeando a parede da igreja e chegaram ao pequeno cemitério que ficava ao lado. As pessoas haviam se reunido em torno de uma cova laboriosamente escavada no solo congelado. A neve continuava a cair. O enterro estava prestes a começar.

3

O enterro de Korp atraíra mais gente do que Menino esperava. Estavam lá muitos antigos colegas do teatro, os músicos, os contrarregras e as camareiras. Menino ficou observando os rostos de todos aqueles atores e artistas circenses que haviam ido prestar homenagem ao velho diretor. Tentava adivinhar quem eram, e o que faziam. Seriam cantores, ou malabaristas? Talvez houvesse entre eles um mágico, como Valerian. Mas não. Ninguém era como Valerian. Jamais poderia existir um mágico como Valerian. A mágica dele às vezes não passava de um truque cênico, mas outras vezes... outras vezes era algo mais.

Menino avistou na frente da multidão uma velhota com um cachorro peludo numa coleira. Levou um instante para lembrar que ela era a governanta de Korp. A velhota trouxera Lily, a fiel cadela do diretor.

E lá estava a Mulher-Cobra, que sem a cobra tinha uma aparência bastante comum. Menino percebeu que ela só parecia fascinante e misteriosa por causa da cobra e dos trajes.

Aquilo era uma espécie de visão nova. Era como se ele estivesse enxergando com olhos afiados feito bisturis, que eliminavam desejos, emoções e devaneios esperançosos, deixando apenas fatos. Às vezes doía, quando você olhava para a coisa errada, e poderia até queimar. Sem ver Willow na multidão que ainda chegava ao enterro de Korp, Menino virou o rosto para o céu e ficou observando as centenas de milhares de flocos de neve, grandes e macios, caindo sobre o cemitério.

Depois ele notou que estava sendo observado pelas pessoas. Elas se cutucavam e meneavam a cabeça em sua direção. Quando Menino conseguia encarar alguém, a pessoa desviava o olhar. Mas ele logo ouviu um cochicho que explicava a causa daquilo. Valerian. Ali estava o menino de Valerian, misteriosamente ainda vivo, embora corresse o boato de que os dois haviam sucumbido num pavoroso cataclismo de ocultismo dentro da Casa Amarela na véspera do Ano-Novo.

– Ignore essa gente – disse Kepler em voz baixa.

As notícias corriam depressa. Os rumores e fofocas, mais ainda. Valerian estava morto, mas isso era apenas metade da história. Menino sobrevivera, afinal. Todos olhavam para ele, que parecia ainda mais magro, pálido e cinzento feito um fantasma. Mas, mesmo assim, estava vivo.

E o que eles achariam, pensou Menino amargamente, *se soubessem o resto da história? Que Valerian era meu pai?*

Kepler dissera isso. Mas, pouco depois de ter pronunciado as palavras, negara tudo.

Para Menino, que finalmente estava enxergando o que era verdade e o que não era, aquilo parecia irreal. Talvez ele só houvesse imaginado que Kepler dissera aquilo. Os últimos minutos antes da partida de Valerian na Torre haviam sido caóticos, cheios de barulho, luz e vento. Talvez Menino só quisesse ouvir aquilo que achava que Kepler dissera, e houvesse imaginado tudo.

Mas não. Kepler também contara ao próprio Valerian que ele era pai de Menino. Mas por que negara tudo, assim que Valerian morrera? Menino não fazia ideia, mas tinha certeza de que ele dissera aquilo. E havia uma testemunha.

Quando pensou nela, Menino desviou os olhos da neve e lama aos seus pés. Ergueu o olhar e se viu encarando o rosto sorridente que ansiava por avistar.

Willow.

4

Willow estava do outro lado do túmulo, com o corpo oculto até a cintura pela pilha de terra que logo cobriria o caixão de Korp. Menino deu um passo em sua direção, mas imediatamente sentiu a mão de Kepler sobre seu ombro.
– Tenha um pouco de respeito, Menino.
Kepler indicou com a cabeça os homens que carregavam o caixão, e que já se aproximavam pelo meio da multidão.

A cerimônia começou e terminou. Por fim, eles jogaram um pouco da terra de volta ao buraco, escondendo o caixão como a Cidade estava sendo escondida pela neve. Escondendo a visão, como se isso pudesse esconder a lembrança.
Menino sentia que havia algo errado naquela cena, mas não sabia o que era. Lily, no entanto, sabia. Enquanto os pedaços de terra congelada caíam tamborilando sobre a madeira da tampa do caixão, a triste cadelinha estremecia, e depois soltou um ganido patético. Sabia que algo não some da lembrança simplesmente por sumir da nossa vista. Sentia saudade do seu dono.
A neve caía, e Menino fechou sua mente para todo o resto. Esperou que a queda dos flocos acalmasse seus nervos e amortecesse a dor.
Já entendera o que o enterro tinha de estranho. Todas aquelas pessoas haviam sido unidas pelo único elemento que não estava ali... o morto. Era o primeiro enterro que Menino já vira, e ele achou aquilo profundamente estranho.

Mas Korp não era a única pessoa que faltava ali. Parecia estranho Valerian também não estar presente. Quando a multidão começou a se dispersar, Menino ergueu o olhar e entreviu um vulto alto, todo vestido de preto, cruzando a rua. Por um instante, ele achou que seu falecido patrão ressuscitara, mas percebeu que se enganara. Era apenas um padre apressando o passo na neve.

Subitamente, o velho violinista, que muitas vezes fora bondoso com Menino, bateu palmas.

– Esperem, amigos! Não podemos acabar isso assim! Querem comemorar comigo a vida do nosso querido Diretor?

– Claro que sim! – exclamou alguém.

– Vamos até a Pena, então? – disse o violinista. – A primeira rodada é por minha conta!

Menino perdera Willow de vista, mas depois viu que ela estava no meio da multidão, acenando para ele.

– Podemos ir? – perguntou ele a Kepler. – Podemos ir até a Pena?

– Não – disse Kepler. – Já fizemos o que viemos fazer.

Mas, antes que eles pudessem se mexer, o velho violinista se aproximou com dois amigos. Sem sequer olhar para Kepler, eles afastaram Menino do túmulo e foram andando para a taverna junto com os demais. Kepler foi obrigado a ir atrás, saltitando junto aos calcanhares deles feito um cachorro indesejado.

Várias ruas depois, Menino começou a sentir os próprios pés novamente. E, em algum lugar lá na frente, no meio da multidão, estava Willow. Por si só, isso já lhe trazia calor.

5

— Então você é o novo patrão de Menino?

Kepler e Menino estavam sentados, espremidos em torno de uma mesa na taverna imunda chamada A Pena. A conversa passara rapidamente do futuro incerto do teatro para Valerian, e daí para Menino. Ele ficou observando com ar nervoso, enquanto o velho violinista chamado Georg e os outros questionavam Kepler.

Perto deles, Willow fisgava passas gulosamente numa tigela posta no meio da mesa. Deu uma olhadela para Menino e sorriu.

Kepler notou isso, e disse: – Menino e eu precisamos ir embora. Temos trabalho a fazer.

Era a quarta vez em quatro minutos que ele falava isso, mas ninguém levantou para lhe dar passagem. À sua esquerda, um grandalhão sorriu para Menino e disse: – Vá chamar a garçonete, sim? Mais uma rodada de bebida para todo mundo.

– E diga para ela trazer uma garrafa de absinto! Que tal uma partida de Pega-Dragão? Korp teria adorado isso...

Ouviu-se um brado de entusiasmo em torno da mesa. Enquanto isso, Menino foi abrindo caminho para achar a garçonete, tentando atrair o olhar de Willow ao se afastar.

Quando voltou, eles já haviam arranjado uma garrafa de absinto em outro lugar e dispensado a cerveja em troca daquele diabólico licor verde. A partida de Pega-Dragão já começara.

Menino adorava aquele jogo, em grande parte porque geralmente não precisava participar. Ficava só vendo os outros tombarem das cadeiras devido à bebida. Quase sentiu pena de

Kepler, que obviamente jamais ouvira falar em Pega-Dragão, e estava prestes a aprender tudo da forma mais dura.

– Está certo – disse Georg para Kepler. – Agora que você já sabe jogar, vamos fazer a coisa para valer.

Sobre a mesa havia um pires contendo um pouco de absinto e um punhado de passas. O jogo consistia em retirar e comer uma passa do pires. Se você conseguisse, dava a vez para a pessoa seguinte na mesa. Se deixasse a passa cair, era obrigado a engolir uma taça da bebida.

– Para valer? Como assim? – perguntou Kepler a Georg.

– Só estávamos mostrando a você como jogar. Agora vamos fazer a coisa para valer. Wilfred, por favor...

O grandalhão chamado Wilfred tirou do bolso uma caixa de fósforos e pôs fogo no absinto. Depois sorriu e disse para Kepler:

– Pode começar.

– O quê? Mas isso está queimando!

– Seria um jogo bastante sem graça se não estivesse – disse Georg cutucando Wilfred, que soltou uma risada abafada.

Kepler lançou um olhar nervoso ao seu redor. Depois encarou o pires flamejante com as passas e o licor. Enfiou rapidamente a mão nas chamas, e conseguiu retirar uma passa. Mas deu um guincho, largou o troço na mesa, e ficou lambendo os dedos queimados.

Todos caíram na gargalhada, e Wilfred enfiou uma taça de absinto embaixo do nariz de Kepler. Ele encarou a bebida com tristeza, mas, sob o olhar duro do grandalhão, sorveu um gole.

– Não é assim! – exclamou Wilfred. Puxou o nariz de Kepler para trás, e despejou todo o conteúdo da taça pela goela dele.

Todos gargalharam novamente, e a vez de jogar passou para Wilfred. Habilmente, com um só gesto ele surrupiou e enfiou na boca uma passa.

– Isso não queima os seus dedos? – disse uma voz ao lado de Menino. Finalmente, ali estava Willow.

Menino sorriu, sem saber o que fazer ou dizer. Ficou simplesmente olhando para os olhos dela. Ao menos naquele instante, o rosto de Willow não estava emoldurado pelo cabelo, que fora preso num coque atrás da cabeça.

– Ou a boca, por falar nisso – acrescentou Willow, arregalando os olhos quando Georg pegou e engoliu duas passas de uma só vez, exibindo habilidade profissional.

– É só fazer a coisa depressa – retrucou Menino. – E fechar a boca assim que enfiar a passa. Eu vi Valerian participar desse jogo centenas de vezes. Ele sempre vencia. Era uma brincadeira divertida, e às vezes ele até ganhava dinheiro. Todo mundo bebia até cair, e ele ficava sentado, só olhando.

Willow riu.

Sem pensar, Menino também riu e disse:

– Eu batia as carteiras deles, quando achava que Valerian não estava vendo.

– Menino! – disse Willow. – Como você é mau!

– Era só para comprar mais um pouco de comida – disse Menino para se justificar. Depois viu que Willow estava brincando com ele.

A partida estava ficando mais barulhenta. Kepler fez outra tentativa de ir embora, mas dessa vez tombou de volta na cadeira sem precisar ser empurrado, e Menino viu que ele já estava muito bêbado.

– Mas Valerian também sabia jogar devagar – disse Menino. – Quando todos ficavam bêbados de cair, ele começava a se exibir. Conseguia pegar uma passa bem lentamente, enfiando a ponta dos dedos no meio do fogo. Depois punha a passa sobre a língua, e deixava queimar um bocado. Parecia que não estava doendo. Eu não entendo como ele fazia aquilo.

Willow deu de ombros, e disse:

– Talvez ele soubesse controlar bem a dor, só isso.

Menino ficou calado, perdido nas suas lembranças.

Controlar a dor, pensou.

Depois interrompeu o devaneio e olhou para Willow. Ela estava com boa aparência. Haviam decorrido apenas cinco dias. Mas eram cinco dias que pareciam meses.

– Willow?

– Eu estou bem. Ele me levou para um orfanato. Achei que era só para morar lá, mas ele me arranjou um emprego. No começo, eu não gostei da ideia, mas o serviço é muito melhor do que aquilo que eu fazia antes. Vou até ser paga! Hoje eu escapuli. Provavelmente vou me encrencar, mas não vai ser tão ruim assim. É uma mulher que manda lá. Ela é uma fera por fora, mas, por dentro, acho que é boa pessoa. O nome dela é Martha.

Menino ficou olhando para a cabeleira castanha e o rosto branco feito cera de Willow. Depois estendeu a mão para a face dela. Willow pegou a mão dele delicadamente, e ficou segurando.

– Como você está, Menino? – disse com suavidade. – Ele trata você bem?

Menino não sabia de quem ela estava falando. Depois percebeu que se tratava de Kepler.

– Trata. Ele me alimenta, não grita comigo, não me bate, nem fica zangado comigo. Está tudo bem.

– Mas o que você anda fazendo?

– Nada. Ele diz que precisa da minha ajuda. Mas até agora nós nada fizemos. Eu só fico sentado no meu quarto. Aproveito para ver a neve, Willow. Como tem nevado! Há tanta neve que está difícil reconhecer certas partes da Cidade. Você já viu? Tanta neve...

Willow franziu a testa e ficou olhando para Menino. Depois deu um sorriso forçado.

– Você vai ficar lá com ele? – perguntou ela.

Menino deu de ombros.

– Não sei. Acho que sim. Não quero voltar para a rua. Até morar com Valerian era melhor do que isso, e...

Ele parou de falar.

– O que foi? – perguntou Willow.

– Willow, você se lembra do que Kepler disse?

– Que Valerian era seu pai? Lembro.

– Diga sinceramente. Você acha que é verdade?

Willow tentou desviar o olhar, mas Menino não deixou.

– Não sei – disse ela por fim.

Menino ficou calado.

– Isso mudaria alguma coisa? – perguntou ela. – Se fosse verdade, isso mudaria o seu sentimento por ele? Mudaria o que você sentia sobre o tratamento que recebia dele? Mudaria o fato de que ele morreu?

Menino deu de ombros e desviou o olhar.

– Deixe Valerian em paz, Menino – disse ela. – Deixe Valerian em paz, e fique em paz também. Você tem uma vida nova pela frente.

Menino virou para ela.

– Tenho? Com Kepler?

– Não. Achei que fosse... achei que fosse comigo – disse ela falando depressa, sem deixar que Menino interrompesse. – Agora arranjei um emprego decente. Imagine isso. Eu vou ter dinheiro! Nós podíamos achar um lugar para morar. Talvez você também conseguisse arranjar trabalho. Nós podíamos ir para outra parte da Cidade onde Kepler jamais encontrasse você. Talvez pudéssemos até sair da Cidade...

Ela parou, mordendo o lábio inferior, e depois continuou: – Mas talvez você não queira...

– Quero, Willow – disse Menino. – Eu quero, sim.

Willow lançou os braços em torno dele, e os dois começaram a chorar. Ali ao lado, a partida de Pega-Dragão estava ficando mais ruidosa e embriagada a cada rodada.

Willow e Menino nem sequer percebiam isso. Conversavam sem parar, em voz baixa, planejando sua vida. Para os dois, aquilo ainda parecia estranho... que eles pudessem decidir o que fazer com as próprias vidas, sem precisar seguir ordens ditadas por outras pessoas.

Quando eles finalmente pararam de conversar, só havia Georg e Wilfred sentados à mesa.

Boquiaberto, Menino perguntou: – Onde está...

— O tal de Kepler? Está aí — retrucou Georg, apontando para o chão.

Inclinando o corpo na cadeira, Menino: lançou o olhar por baixo da mesa e viu Kepler dormindo no assoalho.

— Acho melhor levar Kepler para casa — disse ele. — O coitado vai acabar morto, se ficar aqui.

Georg disse a Menino: — Pelo menos uma coisa é certa...

— O quê?

— Seu patrão vai tratar você melhor amanhã.

— Por quê? — perguntou Willow.

Georg piscou para ela e disse:

— Ora, todo mundo sabe que o absinto deixa o coração mais amoroso...

Wilfred e ele tiveram um acesso de risadas bêbadas. Obviamente, aquela era uma piada que já haviam contado muitas vezes.

Menino franziu a testa.

— Não fique preocupado — disse Wilfred, ainda rindo. — Posso carregar o homem, se você me mostrar o caminho.

— Pode confiar nele — disse Georg. — Wilfred é meu amigo, e você não consegue carregar o seu patrão, consegue?

Menino sorriu.

— Tem razão — disse ele. — Obrigado por tudo.

Georg inclinou o chapéu para Menino e Willow, já indo embora. Wilfred ajoelhou, e jogou sobre o ombro o corpo inerte de Kepler.

— Amanhã ele vai acordar de ressaca — disse.

Menino olhou para Willow, e disse:

— Então vamos nos encontrar no Chafariz de São Valentim amanhã à noite?

Willow balançou a cabeça, sorrindo. Depois avançou saltitando, beijou rapidamente os lábios de Menino, e saiu correndo.

Menino partiu rumo à casa de Kepler seguido por Wilfred, que ia calado. Isso era ótimo, pois Menino só queria pensar em Willow.

Ficou pensando no que sabia sobre ela. Aparentemente, era muito pouco. Sabia que nascera no campo, mas ficara órfã ainda bem pequena. Morara num orfanato, trabalhara na Companhia dos Senhores de Gala da Cidade, e depois fora para o teatro.

Isso era realmente tudo que Menino sabia, e parecia estranho diante do que os dois haviam passado juntos nos últimos dias. Fora a partir dessa convivência que ele realmente conhecera Willow. Vira como ela era, e quem era. Forte, valente e bondosa.

Com um choque, Menino percebeu uma coisa. Embora ele soubesse muito pouco sobre a vida de Willow, sabia mais coisas sobre a história dela do que a sua própria.

Enquanto caminhava, tentava se aquecer com a lembrança do beijo fugaz, pensando que no dia seguinte ele e Willow se juntariam de vez.

Nada poderia estar mais longe da verdade.

6

Menino só adormeceu por volta de três da madrugada, pois antes foi conferir se o patrão estava dormindo em segurança.

Wilfred carregara Kepler até o andar superior e emborcara o fardo sobre o colchão. Com a mesma facilidade, emborcara o chapéu para Menino e virara para sair.

– Ele vai ter sonhos estranhos hoje à noite – dissera com uma risada curta.

Menino lançara um olhar de interrogação para ele.

– O absinto – explicara Wilfred, dando uma piscadela. Depois fora embora.

Menino ficara observando o patrão, até concluir que estava cansado demais para fazer qualquer coisa por ele. Arrancara as botas de Kepler, e puxara um cobertor até o queixo dele.

Menino dormiu até a metade da manhã. Se os sonhos de Kepler foram estranhos, os dele também foram muito perturbadores. Quando finalmente acordou, não foi de forma tranquila, mas sim com uma convulsão provocada por um sonho apavorante. Ele ficou sentado na cama durante vários minutos, respirando fundo para tentar se acalmar. Percebeu que não sonhava havia muito tempo. Como que para compensar, fora soterrado por uma avalanche de pesadelos.

Quase automaticamente, Menino pensou na neve ao passar as pernas sobre a lateral da cama. Seus sonhos haviam sido congelados feito uma montanha de neve, e derretidos durante um súbito período de calor, lançando uma verdadeira enchente de água em cascata sobre ele.

Alguns sonhos ainda enevoavam sua mente, enquanto ele cambaleava em direção à pia e despejava na cuba a água gélida que havia numa jarra ali ao lado. Ele estivera num espaço escuro, escuro e pequeno. Essa não era a parte apavorante. Não para ele. Era justamente nos espaços escuros e pequenos que Menino se sentia mais seguro. Ele fora criado assim, nas ruas, e depois com Valerian. Sempre se sentira bem nesses lugares.

Depois de roubar uma bolsa ou um pão, qualquer lugar onde ele pudesse esconder dos Vigilantes seu esqueleto pequeno era bom para Menino. Uma fenda diminuta no telhado de uma igreja era o paraíso. E os momentos que Menino passava com Valerian no palco, enfiado em arcas mágicas ou outras caixas, pelo menos eram momentos em que ele não podia ser surrado ou xingado pelo patrão. Além disso, na Casa Amarela, o quarto de Menino era aquele estreito túnel triangular. Embora o lugar fosse baixo demais para alguém ficar de pé, pelo menos era seguro.

Portanto, o sonho não fora assustador por causa daquele lugar pequeno e escuro. Fora por causa de outra coisa. Algo que estava espreitando por perto. Algo que respirava tal qual um chocalho, baixo e áspero. Como se a criatura estivesse sendo estrangulada. Como se fosse uma espécie de demônio.

Menino recordou e amaldiçoou o sonho, pois aquilo significava que ele já não via a escuridão como uma coisa benevolente.

Enfiou o rosto na água fria da cuba à sua frente e ficou parado ali, abrindo os olhos para serem bem lavados, na esperança de que as nuvens negras no seu cérebro fossem lavadas junto.

Mas isso não aconteceu. Ele estava começando a sentir plenamente o choque de tudo que acontecera durante os dias mortos. Endireitou o corpo novamente e respirou fundo, sabendo que a segurança da escuridão desaparecera muito antes. Aquela sensação não sumira durante o sonho da véspera sobre um monstro pérfido na escuridão. Morrera naqueles imundos túneis subterrâneos enquanto ele era caçado por Valerian, seu antigo patrão. Ou seu pai?

Menino se vestiu e foi até a janela. Lá fora, a neve continuava a cair com a mesma força da semana anterior. Ele tentou fazer o truque de observar os flocos até se hipnotizar e esquecer tudo, mas fracassou.

Seus sonhos haviam destrancado as suas emoções. O medo sacudira o torpor que se abatera sobre ele nos últimos dias. E essa enchente de emoções trouxera outra revelação pavorosa. Ele sabia que precisava descobrir a verdade sobre Valerian, fosse como fosse. Menino reconheceu claramente que vinha se atormentando pelo fato de não saber a verdade. Precisava parar com aquilo.

E já sabia como fazer isso. Ele próprio ajudara a fornecer a resposta do problema.

O livro. O livro mágico. Ali estavam as respostas, as verdades, os segredos, as histórias e os destinos de todos que ousavam folhear suas páginas. O livro iluminara alguns poucos, mas enganara muitos outros, pois suas respostas nem sempre eram claras e precisas. Ali se revelava parte do destino dos leitores, mas Menino já aprendera que a Fortuna era uma deusa volúvel, principalmente porque as pessoas viam apenas aquilo que desejavam ver.

Apesar disso, o livro em si era onisciente, como Menino sabia perfeitamente. Willow e ele haviam ajudado Valerian a procurar o livro. Mas depois haviam descoberto que Kepler encontrara o livro primeiro. Já enfeitiçado pelo poder mágico, porém, ele estava tentando afastar Valerian do livro.

Se Menino fosse procurar o livro, precisava começar logo, enquanto Kepler ainda estivesse adormecido sob o domínio daqueles sonhos cheios de absinto. Ele percebeu a enormidade do que resolvera fazer, e seu coração disparou.

Então, Menino se lembrou de algo mais. O livro também seria capaz de lhe revelar outra coisa. Era algo que ele queria desesperadamente saber, e que ninguém poderia lhe dizer.

Seu nome verdadeiro.

A casa estava em silêncio. A Cidade inteira parecia silenciosa, como se tudo e todos ali estivessem fora de cena, observando Menino sair do quarto e se esgueirar pelo corredor.

Algumas palavras surgiram do nada na cabeça de Menino. Pareciam familiares, embora ele não soubesse por quê. Era verdade que se havia deixado hipnotizar pela nevasca, como ajuda para esquecer os problemas. Mas, se algumas das suas lembranças continuavam ocultas, outras estavam estranhamente vívidas.

– *Certamente você não fugirá quando seu barco estiver pronto para zarpar.*

Ele tentou afastar aquela frase da cabeça, mas as palavras teimavam em reaparecer.

– *Certamente você ficará e enfrentará a chuva suave.*

Ele não conseguia identificar aquela frase, e tentou novamente ignorar as palavras.

Chegou à porta de Kepler e parou na ponta dos pés. Levava as botas nas mãos, sem coragem de pisar pesadamente nas tábuas de madeira do assoalho do corredor.

Menino prendeu a respiração, tentando escutar qualquer som que Kepler fizesse, qualquer barulho que indicasse um movimento por parte dele. Mas tudo estava silencioso. Menino respirou fundo e partiu escada acima.

Uma primeira dúvida surgiu na sua cabeça. Não era uma questão de consciência, mas de medo. Ele não tinha escrúpulo algum quanto a procurar o livro, que supostamente agora pertencia a Kepler. Já roubara coisas demais na vida para temer pegar algo emprestado sem permissão. A causa da sua dúvida não era essa. Era o medo.

Sentado no último degrau, ele calçou as botas. O piso ali era acarpetado, e ele já não temia ser ouvido por Kepler. O que ele temia supostamente jazia dentro do gabinete de Kepler, logo ali adiante. Fora lá que ele vira o livro ser colocado por Kepler pela última vez.

Quando Menino cruzou o corredor, sentiu sua cabeça ser novamente invadida por aquelas palavras.

– *Certamente você não fugirá...?*

Willow considerava o livro perigoso. Menino percebera isso, durante o breve período que eles haviam passado juntos antes do fim de Valerian, na véspera de Ano-Novo. Além do perigo, que outro motivo levaria a família Beebe a enterrar o livro junto a um dos seus filhos, Gad, o último proprietário daquela obra? O livro permanecera oculto no túmulo dele, dentro da igreja em Linden, até ser localizado e roubado por Kepler. Inicialmente, Menino não entendera como um livro podia ser perigoso. Mas depois vira o poder que aquilo tinha, e por isso estava nervoso. O livro era conhecimento puro, inalterado e poderoso.

Menino chegou à porta do gabinete e pôs o dedo sobre a maçaneta metálica. Fazia frio na casa, pois ele não acendera fogo algum. Se ninguém fizesse isso, o frio continuaria. Ele estremeceu, mas girou a maçaneta e abriu a porta.

Entrou depressa e encostou a porta delicadamente sem fechar, para não correr o risco de fazer barulho.

Depois olhou para a escrivaninha. Se Kepler não houvesse trocado o lugar, o livro estaria esperando dentro da gaveta direita inferior.

Era melhor fazer logo aquilo, sem hesitar ou se preocupar. Menino pensou em neve e deu sete passos curtos até a escrivaninha.

Sentou na poltrona de couro e olhou para a gaveta trancada. Menino sabia que só Kepler tinha a chave, mas isso não era problema. Ele vasculhou o bolso e tirou o pedaço curvo de metal que usava para arrombar fechaduras. Aquilo pertencera a uma mão metálica que Kepler certa vez dissecara com Valerian. E fora Valerian quem ensinara Menino a arrombar fechaduras. Portanto, raciocinou ele, a culpa era mesmo dos dois.

Menino se inclinou sobre a fechadura da gaveta inferior e torceu o metal lá dentro, sentindo o mecanismo interno.

Geralmente ele abria uma fechadura em poucos instantes, mas não ficou surpreso ao ver que Kepler, conhecedor de invenções e mecanismos, dispunha de artefatos superiores para proteger seus bens. A fechadura resistiu.

Menino saiu da poltrona e ajoelhou-se diante da fechadura, sem se dar por vencido.

Do outro lado daquele pedaço de carvalho, da grossura de um simples dedo, jazia o livro, esperando para contar tudo a Menino.

Ele torceu o pedaço de metal dentro da fechadura outra vez, sem conseguir coisa alguma. Começou a ficar desesperado, e lutou contra a fechadura freneticamente. Pressentia que o livro estava a poucos centímetros de distância, e sentia seu poder, mas a fechadura não cedia, derrotando todas as suas tentativas.

Menino recostou o corpo na cadeira, e chutou a escrivaninha com raiva.

Olhou em torno, e viu a lareira. Havia um pesado atiçador de ferro junto à grade.

Menino não hesitou.

Arrebentaria aquela escrivaninha idiota e pegaria o livro. Marcara um encontro com Willow, no chafariz, mais tarde. Estaria lá, mas com seu passado e futuro revelados. Kepler ficaria furioso, mas isso pouco importava... eles nunca mais se veriam.

Menino chegou à lareira e agarrou o cabo retorcido do atiçador.

Quando ele se virou novamente para a escrivaninha, a porta se abriu e Kepler entrou.

Por um segundo, Menino visualizou uma cena de violência horrorosa. Ele se imaginou golpeando a cabeça de Kepler com o atiçador, e espalhando os miolos dele pelo carpete vermelho do chão do gabinete.

Mas essa visão sumiu num instante. Se alguém estava a fim de violência, era Kepler, que parecia estranho. Isso, sem dúvida, se devia ao absinto. Menino percebeu o tumulto nos olhos do patrão, e deixou de sentir toda aquela súbita ânsia pelo livro. Já vira o efeito do absinto antes. Pessoas normalmente calmas às vezes quase se matavam umas às outras, ao se recuperar das estranhas alucinações que a bebida enfeitiçada podia induzir.

– Menino, está fazendo um frio de rachar aqui dentro! – disse Kepler com rispidez. – Por que as lareiras não foram acesas?

– Já estou fazendo isso – disse Menino rapidamente, agitando o atiçador como se fosse verdade. – Logo a casa estará aquecida.

Kepler ignorou a resposta dele, e cambaleou até a escrivaninha para sentar-se na poltrona. Como sua ressaca era muito forte, ele não percebeu que Menino estava atiçando uma lareira apagada, nem que os documentos na escrivaninha e a cadeira não estavam onde haviam sido deixados.

– Você está proibido de encontrar aquele pessoal novamente – disse Kepler, falando de Georg e dos outros do teatro.

Menino já ia protestar, mas pensou melhor, pois à noite ele não estaria mais ali, e pouco importaria o que Kepler pensasse ou dissesse. Simplesmente balançou a cabeça e continuou preparando o fogo. Mais tarde poderia ficar com raiva ou rir daquilo.

– Preciso que você faça algo para mim – disse Kepler com voz pastosa. – Preciso que você vá buscar uma coisa para mim agora de manhã.

Menino endireitou o corpo e olhou para Kepler, que ainda tinha a cabeça entre as mãos.

– Preciso que você pegue uma coisa para mim na Casa Amarela – disse Kepler, erguendo a cabeça lentamente.

Menino ficou paralisado. A Casa Amarela. A casa de Valerian. Ele começou a dizer: – Eu...

Mas Kepler não queria discussão, e atalhou:
– Vá logo. Preciso de uma lente da câmara. É a única desse tipo na Cidade inteira, e custou uma fortuna. Quero aquilo de volta. Afinal, fui eu que construí aquele troço, que me pertence, agora que Valerian se foi. Quero projetar uma imagem...

Menino continuou calado, tentando entender do que ele estava falando.

– Você precisa desaparafusar a parte inferior do tubo metálico, até a lente se soltar. Não quebre o troço! E volte direto para cá.

Menino estava acostumado a receber ordens. Sempre fora tratado assim por Valerian. Faria um último serviço para Kepler. Não demoraria muito. Em todo caso, ele precisava aguardar outra chance para examinar o livro. Depois que fizesse isso, poderia sumir e encontrar Willow.

Afinal, Kepler salvara a vida dele. Enviara Valerian, e não ele, para a morte. Menino concluiu que devia a Kepler pelo menos um favor, mas também havia outra coisa. Ele queria voltar à Casa Amarela mais uma vez, para ver o que acontecera com aquele lugar, onde morara com Valerian por tantos anos. Talvez dizer adeus, de alguma forma.

Menino vestiu o casaco e rumou para a porta, deixando Kepler com a cabeça entre as mãos.

A CASA AMARELA

O lugar de futuros despedaçados

1

Nem uma semana se passara desde a virada do ano. A vida na Cidade ainda não retomara o ritmo normal. Aquela era sempre uma época de calmaria, mas as pessoas pareciam estar usando o excesso de neve como desculpa para fazer o mínimo possível.

Menino entrou numa rua estreita e esquálida, chamada Travessa dos Três Cavalos. Os costumeiros vadios e vagabundos não estavam presentes. Menino foi andando pela rua, quebrando com suas passadas a imaculada perfeição da neve.

Aconteceu a mesma coisa em toda parte. Menino não viu sequer meia dúzia de almas no trajeto até aquele lugar que ele conhecia tão bem, a Casa Amarela. Embora Kepler insistisse que os Vigilantes não estavam mais atrás dele, instintivamente Menino ainda tentava passar despercebido sempre que possível, e ficava feliz ao ver as ruas vazias.

Enquanto percorria a Viela da Rã Salgada, ele finalmente ouviu algumas vozes se aproximando, e ergueu o olhar. Viu três quitandeiros empurrando lentamente pela neve um carrinho de mão cheio de verduras, e ficou aliviado por eles não serem Vigilantes. Mas não tinha vontade de ver ou conversar com pessoa alguma. Colou o corpo no umbral recuado de uma porta na lateral da viela, e ficou esperando que eles passassem.

Os três estavam no meio de uma conversa e não notaram Menino. Mesmo que estivessem procurando por ele, porém, provavelmente não teriam percebido a sua presença ali. Menino sabia se esconder muito bem, e ficou ouvindo pedaços da conversa deles.

– Pela rua toda...

– Nem dava para saber quem era... coitado!

– Disseram que duzentos metros de neve ficaram avermelhados. Era um grande rastro comprido, que sumia numa sarjeta perto do rio...

– Ouvi falar que havia sangue salpicado por toda parte, como se tivesse jorrado do céu...

Menino estremeceu. Sabia do que eles estavam falando.

– Partes do corpo tinham sumido, isso é certo. Tal como os demais...

– Que besteira! – disse outro. – Ele está atrás de sangue. O Fantasma não pode ser visto ou morto. Jamais será detido...

– Vocês dois estão exagerando. É só um maluco qualquer, solto por aí...

O outro sujeito cuspiu no chão quando eles passaram perto de Menino.

– Talvez. Mas seja o que for, continua matando para se divertir, não continua? Os Vigilantes não sabem o que fazer...

Menino se encolheu todo sob o umbral da porta. O Fantasma voltara a matar.

Por volta de uma hora da tarde, Menino dobrou a esquina da Bengala do Cego. Lá estava a Casa Amarela. Parecia a mesma de sempre, só que os telhados estavam cobertos de neve. Era uma casa alta e imponente, mas desbotada e necessitada de consertos.

O olhar de Menino foi atraído para a Torre lá em cima, onde tudo terminara para Valerian. A torre era um acréscimo bizarro colocado em cima da construção, mas não mostrava sinal algum dos horrores que haviam se desenrolado ali na véspera do Ano-Novo. Lá dentro jazia a câmara, com a lente que Kepler desejava. Menino precisaria encarar suas lembranças.

Ele ainda tinha a chave da casa, que Valerian lhe dera poucos dias antes, em 28 de dezembro, Dia dos Santos Inocentes, que era o dia mais azarado do ano. Ao menos aquilo era um sinal de boa sorte, pensou Menino, ao chacoalhar a chave na fechadura do portão externo.

Ele precisava empurrar os pesados portões de ferro no meio da neve profunda. Fazendo força, conseguiu afastar um pouco os portões e passou espremido pelo vão. Depois, abriu a porta da casa propriamente dita, e entrou no vestíbulo.

Por força do hábito, verificou se fora visto entrando por algum vizinho. Depois fechou a porta.

Apenas seis dias haviam se passado sem a presença de alguém ali, mas a Casa Amarela já adquirira aquele estranho silêncio sobrenatural que as casas ganham quando abandonadas por algum tempo.

– Olá? – disse Menino em voz baixa para o ar em volta. Depois se sentiu levemente idiota por ter feito aquilo. É claro que ninguém estava ali. Ninguém estivera ali desde as primeiras horas do Ano-Novo, quando Kepler voltara para buscar Willow e Menino.

Ele foi subindo até o patamar da escada no terceiro andar. Dali poderia prosseguir pela pequena escada que levava ao seu quarto diminuto, mas não queria rever aquele lugar.

Haviam sido apenas seis dias. Mas parecia que uma eternidade se passara desde que Menino estivera ali pela última vez. Ele não conseguia acreditar que a casa estava tão imóvel, tão silenciosa, e tão grande. Ficou pensando se sempre fora assim. Talvez ele simplesmente não notasse isso na época em que Valerian estava ali, dando ordens e fazendo ameaças em igual medida.

Menino deu as costas ao corredor, e partiu para o pé da escadaria em espiral que levava à Torre. Enquanto subia, avistou os restos da porta despedaçada que Kepler e Willow haviam arrombado para salvá-lo de Valerian. A simples visão da madeira quebrada já fez Menino entrar em pânico, lançando uma torrente de lembranças involuntárias na sua cabeça.

Ele tentou se concentrar no que fora fazer ali. Mas, quando passou da soleira e entrou no aposento propriamente dito, sentiu-se esmagado pelos acontecimentos da véspera do Ano-Novo. Trêmulo e fraco, deixou-se cair ao chão.

Abanou a cabeça, tentando clarear a mente.

– A lente – disse em voz alta, como se o som da sua voz pudesse espantar os demônios que espreitavam naquele aposento. – Basta apanhar a lente e ir embora.

Menino ergueu o olhar.

O aposento estava uma confusão só. Eles haviam deixado tudo como estava após aquele cataclismo pavoroso, a ventania, e a aparição. As centenas e centenas de livros de Valerian jaziam em pilhas caóticas pelo chão, com diversos papéis e pergaminhos espalhados por cima. Até o alçapão no meio do aposento estava coberto de livros e documentos. A grande poltrona de couro de Valerian tombara de lado. Estilhaços de vidro misturados a pedaços de metal cobriam as bancadas com o equipamento das experiências dele. A única coisa que não parecia danificada era a própria câmara obscura. As persianas estavam baixadas, e, na penumbra parcial do aposento, Menino viu que a câmara ainda funcionava. Kepler avisara Valerian que aquilo não serviria para salvar a pele dele. Mas construíra uma máquina de boa qualidade, que continuava a funcionar. A câmara projetava uma imagem curva, porém nítida, das ruas lá fora sobre o tampo circular de uma mesa branca.

Menino foi até lá, passando pela poltrona tombada no meio do caminho. Parou e endireitou a cadeira favorita de Valerian.

– Assim fica melhor – disse ele, sorrindo ao lembrar de Valerian sentado ali.

Depois virou para a câmara. Na ponta que ficava próxima da mesa, havia um largo cilindro metálico. Dali emanava a imagem sobre a mesa. Menino supunha que Kepler estivesse falando daquilo, de modo que deitou sobre o tampo da mesa e examinou o artefato.

Ficou empurrando e puxando, sem ver como soltar o cilindro, até lembrar que Kepler mandara desaparafusar o troço. Obedeceu, e imediatamente o cilindro começou a girar, revelando uma junta tão bem-feita que ficava invisível antes que a rosca surgisse.

Menino foi torcendo o artefato até a metade inferior do cilindro começar a se soltar da superior. Ele, então, lembrou que

Kepler o advertira para não quebrar a lente de vidro, e enfiou o corpo embaixo do aparelho projetor. A imagem da Cidade lá fora passou a ser projetada sobre o peito e o rosto dele. Se houvesse alguém observando a cena de perto, veria a neve caindo sobre os olhos de Menino. Ao contrário da neve lá fora, porém, que se acumulava em montes, os flocos que pousavam sobre seu rosto caíam sem esconder horror algum.

Menino finalmente desmontou o cilindro, mordendo nervosamente o lábio ao separar a metade inferior da superior.

– Pode parar agora mesmo, seu fedelho! – disse uma voz lá da porta.

Menino ergueu o corpo de susto, e bateu com a cabeça na câmara, agarrando a lente enquanto descia da mesa para o chão.

– Eu mandei parar!

2

Inicialmente Menino pensou que estava se deparando com três Vigilantes da Cidade postados no umbral da porta. Mas depois percebeu que os uniformes deles não eram pretos como os dos Vigilantes, e sim cinza-escuros como os dos Guardas Imperiais. Qualquer dúvida quanto a isso era dirimida pelas penas brancas que eles ostentavam nos capacetes. Os Vigilantes usavam penas vermelhas ou rosadas. Só os Guardas Imperiais usavam penas brancas.

– Está querendo saquear a casa, menino?

O líder deu um passo adiante.

– Passe isso para cá – disse ele, indicando a lente na mão de Menino.

Por um instante, Menino ficou aturdido demais para dizer qualquer coisa, mas depois lembrou onde estava.

– Eu não estou roubando coisa alguma – disse ele. – Eu moro aqui.

Isso pareceu surpreender o guarda.

– Como assim, você mora aqui? Esta casa é de Valerian, o mágico. Já falecido, pelo que sabemos. Ninguém mais mora aqui.

– Isso não é verdade! – exclamou Menino. – Eu moro. Moro aqui há anos. Sou o menino de Valerian.

– Filho dele? Ele não tem filho! Não tente me tapear, menino.

– Não sou filho dele. Quer dizer, não tenho certeza...

– Você não tem certeza! – disse o líder. – Morou aqui durante anos, mas não tem certeza se é filho dele ou não? Vou dizer uma coisa para você, patife! Você é um ladrão. E agora saia daqui. Nós temos assuntos sérios a tratar.

– Não! – gritou Menino. – Saiam daqui vocês. Esta é a casa de Valerian, e é verdade que ele morreu. Mas eu moro aqui. Se este lugar pertence a alguém, pertence a mim! Eu era o menino dele!

O líder dos guardas olhou para seus dois companheiros, e depois olhou novamente para Menino.

– Você disse que era o menino dele?

Menino assentiu.

– Eu morava aqui e trabalhava para ele. Era ajudante dele.

– Certo, então você vem conosco. Recebemos ordem de retirar todos os pertences de Valerian. Se você era o menino dele, está incluído nisso.

Menino soltou uma risada nervosa.

– Você não está falando sério, está?

– Não crie problemas para nós. Você não tem como fugir. Será mais fácil para todo mundo se simplesmente for conosco até o Palácio.

– O Palácio? – gaguejou Menino. – Vocês não podem fazer isso comigo!

– Já estou farto dessa história – disse o guarda para os outros. – Tirem esse garoto da minha frente.

Imediatamente, os outros dois guardas imperiais avançaram.

Menino olhou para eles e exclamou: – Não!

Depois pulou até a parede onde ficava a trava do alçapão, e puxou a alavanca. O assoalho se abriu entre ele e os guardas. Livros e papéis despencaram pelos ares.

Surpresos por um instante, os guardas lançaram o olhar pelo alçapão. Viram a queda perigosa até o segundo, e não o terceiro andar. Aquilo era o suficiente para quebrar a perna de alguém. Mas depois sorriram.

– Isso não vai ajudar você!

– Veremos – disse Menino.

Ele enfiou a lente no bolso do casaco, agarrou a corda do guincho usado para içar coisas até a Torre, e pulou no buraco. Calculava que a corda se desenrolaria devagar, atenuando um pouco a queda. Como pesava pouco, a aposta deu certo. Ele caiu no segundo andar com um baque, mas pronto para ir em frente.

– Vão atrás dele! – bradou uma voz lá em cima.

Menino levantou e deu uma espiadela para cima. Os guardas estavam olhando para baixo, vendo se ele se machucara na queda. A ponta da corda do guincho se soltara e caíra aos pés de Menino.

– Não fiquem parados olhando! Atrás dele! Pela escada!

Menino não perdeu mais tempo.

Foi descendo a escada, com a maior rapidez possível, pulando três degraus de cada vez. Quando chegou ao andar térreo, sentiu-se mais seguro. Podia ouvir os guardas pisando pesadamente, ainda no patamar do segundo andar.

Cruzou correndo o vestíbulo em direção à porta, mas sentiu algo se enrolar nas suas pernas, e tombou no piso de lajotas, batendo com o pulso ao cair. Olhou para ver em que se enredara, e avistou um dos guardas inclinado sobre o corrimão. O sujeito lançara a corda do guincho enrolada sobre Menino, e uma das canelas dele ficara presa ao correr.

Ouvindo passadas se aproximando pesadamente, Menino lutou para se levantar e abrir a porta da frente.

Quando conseguiu, saiu correndo e se chocou contra um quarto guarda, colocado ali exatamente para evitar algo daquele tipo. O guarda ficou surpreso e levou um instante para reagir. Menino tentou se desviar dele, mas era tarde demais.

Primeiro, duas mãos o puxaram para trás. Depois, quatro mãos o derrubaram no chão.

– Pronto, seu moleque nojento – disse o guarda. – Você vai para o Palácio.

Eles trouxeram a corda, amarrando os braços e depois as pernas dele atrás do corpo. Menino ficou parecendo um cervo abatido numa caçada.

Ninguém viu a lente escapar do bolso dele e sair rolando pela neve ali perto.

Na rua havia uma carroça atrelada a um cavalo de aparência robusta. Menino foi o primeiro dos pertences de Valerian a ser atirado ali dentro. Enquanto um dos guardas ficava com ele, os outros três passaram a tarde trazendo tudo que havia dentro da sala da Torre e não estava aparafusado.

Já escurecera quando a carroça finalmente partiu, bem devagar. Menino ia deitado desconfortavelmente de lado, meio encoberto pelos livros e demais pertences de Valerian. Seus braços e suas pernas haviam ficado dormentes horas antes, e ele mal conseguia se manter de olho no caminho que eles estavam seguindo. Depois de algum tempo desistiu, e tentou perguntar aos guardas o que pretendiam fazer com ele.

Eles não responderam.

– Por favor, pelo menos me digam para onde estamos indo – implorou Menino.

Um deles se virou e soltou um grunhido.

– Já dissemos. O Palácio. Você agora pertence ao Imperador.

3

Willow ficou esperando no Chafariz de São Valentim, mas Menino não apareceu. A noite avançava, e a temperatura ficava cada vez mais gélida. Ela passou algum tempo conversando com uma velha debruçada sobre um braseiro com castanhas assadas, até o frio se tornar insuportável.

— Ele num vem, sabia? — disse a velha, lançando o olhar sobre o ombro e se afastando dali, embora Willow nada houvesse revelado a ela.

Willow começou a ficar preocupada. Eles deveriam ter se encontrado quando o sino da igreja batera sete horas, mas já passava muito das nove. Willow já examinara cada centímetro do chafariz congelado. Dos bicos que no verão espirravam água, longos filetes de gelo brotavam feito dentes de elefante.

Willow pensou que algo acontecera a Menino. Depois pensou no que a velha dissera, e ficou mais preocupada ainda. Algo acontecera a ele, pois não poderia haver engano quanto aos planos feitos pelos dois.

A menos que... e se ela estivesse enganada sobre ele? Afinal, fora ela quem falara mais. Talvez ela só houvesse escutado aquilo que desejava escutar... que Menino queria partir com ela.

Willow ficou batendo os pés no chão coberto de neve junto ao chafariz, sentindo cada vez mais frio.

Sentada lá na Pena, na noite anterior, tudo parecera muito fácil. Nas ruas geladas ali fora, porém, era diferente. Como eles encontrariam um lugar para morar? Ela não ganhava o suficiente para alimentar os dois, que dirá alugar um quarto. Talvez Menino houvesse pensado melhor. Talvez houvesse percebido que aquilo era uma idiotice. E talvez nem desejasse Willow como era desejado por ela. Pois agora ele estava vivendo em relativo luxo. Kepler dera a ele roupas, além de um quarto decente, uma cama de verdade, e uma residência confortável. A casa tinha até aquele incrível sistema de iluminação elétrica criado por Kepler. Por que Menino quereria abandonar tudo isso, para vir morar nas ruas novamente?

Willow nem conhecera Menino muito bem na época do teatro. Fora só naqueles cinco últimos dias do ano, quando os dois haviam se enredado na terrível aventura de Valerian, que ela percebera que sentia algo por ele.

Willow afastou um pouco de neve da borda da bacia do chafariz e sentou. Depois enfiou a cabeça entre as mãos e chorou.

O sino de São Valentim bateu dez horas.

Willow sentiu raiva. Se Menino resolvera não ficar com ela, poderia ao menos dizer isso pessoalmente, em vez de deixar que ela congelasse sozinha ali no chafariz. Depois ela sentiu vergonha de ter sido boba a ponto de acreditar que Menino gostava dela, e sua raiva cresceu. E então ela resolveu mostrar a Menino o tamanho daquela raiva.

Willow partiu para a casa de Kepler. Só estivera lá duas vezes, rapidamente, mas sabia que conseguiria encontrar o lugar. Seria uma longa caminhada, mas ao menos ela estaria se mexendo, e talvez sentisse um pouco menos de frio.

Willow estava furiosa. E seu humor não foi melhorando, enquanto ela caminhava o mais depressa possível pelas vielas cobertas de neve da Cidade.

Quando ela entrou na Praça de Adão e Sofia, porém, sua fúria se suavizou um pouco. Embora o trajeto não passasse por lá, ela sabia que a praça ficava apenas a uma ou duas ruas de distância do Reach, onde Menino e ela haviam estado pouco mais de uma semana antes. Aquilo abriu as comportas de uma torrente de lembranças sobre o período desesperado que os dois haviam passado juntos, tentando salvar a vida de Valerian, e que o mágico retribuíra tentando tomar a vida de Menino. Talvez eles houvessem se enganado acerca de Valerian, mas ela não podia estar enganada sobre Menino. Não havia como fingir o que acontecera entre os dois, e Willow começou a ficar preocupada novamente, sabendo que algo acontecera a ele.

Quando ela chegou à casa de Kepler, a porta se abriu violentamente assim que ela tocou a campainha.

– Ah, é você. Onde está ele?

Kepler parecia perturbado, e até um pouco irritado. Mas Willow percebeu que ele também estava preocupado, acima de tudo.

– Onde está ele? – perguntou Kepler outra vez.

– Posso entrar? – disse Willow. – Por favor... estou congelando.

Kepler piscou.

– Claro... entre – disse ele, afastando o corpo.

Fechou a porta atrás de Willow, e foi com ela até o gabinete.

– E então? – perguntou Kepler, enquanto Willow ia se postar diante da lareira. – Você viu Menino?

Willow abanou a cabeça. De repente, sentiu o corpo incrivelmente dormente. Começou a tremer, enquanto seus dentes chacoalhavam.

Resmungando, Kepler colocou uma cadeira para ela diante do fogo. Depois vasculhou a escrivaninha, e pegou um frasco pequeno. Willow reconheceu o frasco e abanou a cabeça, temendo o efeito que aquela droga, tão consumida por Valerian antes de morrer, pudesse ter sobre ela.

Mas Kepler ignorou todos os protestos. Despejou uma dose do líquido esverdeado na boca da jovem, e ficou esperando. Willow foi sendo inundada de calor e força, de uma forma tão deliciosa que imediatamente começou a se recuperar. Sentiu a cabeça leve, e até vontade de rir.

Kepler trouxe outra cadeira até o fogo e sentou.

– E então, Willow? – perguntou ele outra vez.

Willow abanou a cabeça.

– Vim aqui para achar Menino. Nós tínhamos um encontro marcado, e...

Ela parou, percebendo que não deveria ter contado aquilo para Kepler. Mas ele parecia preocupado demais para notar ou ligar. Ficou olhando fixamente para o fogo.

– Mais cedo eu mandei que ele fosse à rua e voltasse direto para casa...

– Aonde? – perguntou Willow.

Kepler ergueu o olhar para ela.

– O quê?

– Aonde você mandou que ele fosse?

– Até a casa de Valerian.

– Você mandou que ele fosse lá! – exclamou Willow. – Não devia ter feito isso. Qualquer coisa pode ter...

– O quê? – rebateu Kepler. – O que pode ter acontecido com ele? É uma casa vazia. Lá não há mais perigo algum, agora que Valerian se foi.

– Mas você não devia ter mandado Menino até lá. É um lugar ruim para ele.

Kepler deu de ombros.

– Assim como você, eu também não quero que ele se machuque.

– É mesmo? – disse Willow com rispidez. – E por que isso?

– Você não entenderia, mas garanto que quero o melhor para ele.

– Se quisesse, não teria mandado que ele fosse até lá.

Kepler abriu a boca para discutir com Willow, mas fechou-a novamente. Franziu a testa e refletiu por um instante.

– O que interessa é saber onde ele está. A única opção dele seria voltar para as ruas, mas este é o inverno mais frio já registrado.

Willow assentiu com a cabeça.

– Você tem razão. Desculpe. Só estou com medo de...

– A Casa Amarela. É lá que devemos procurar. Você pode ficar aqui se aquecendo, enquanto eu...

– Não – disse Willow com firmeza, levantando. – Eu também vou.

– Que absurdo – disse Kepler. – Você não está em condições de ir a lugar algum. Eu cuido do menino agora. Você pode ficar aqui até...

– Não! – gritou Willow. – Eu também vou. Você não pode mandar em mim. Mas, se tiver alguma consideração pelo que eu sinto, vai me dar outro gole desse troço e me ajudar a encontrar Menino!

Ao ouvir disso, Kepler estendeu o frasco para ela e foi em busca de um casaco.

Willow sorriu quando ele saiu. Tomou mais um gole da droga, e enfiou o frasco no bolso. Depois foi encontrar Kepler no vestíbulo, lutando com um comprido casaco de inverno. No chão havia um embornal, que ele apanhou e colocou nas costas.

– E então? – disse ele.

– Vamos embora, sr. Kepler – disse Willow alegremente, cruzando a porta em direção à nevasca que caía na noite lá fora.

A MASMORRA

O lugar de histórias enganosas

1

A primeira visão que Menino teve do Palácio Imperial do imperador Frederick não foi agradável.

A carroça passou uma eternidade subindo a ladeira até as muralhas do Palácio. Quando estava quase chegando aos portões, no entanto, virou e pegou uma trilha que serpenteava em torno do morro onde se erguiam as muralhas. A trilha terminava num sólido portão de ferro bem no sopé da colina do Palácio. Atrás do portão, um túnel comprido e baixo mergulhava profundamente sob os prédios do Palácio.

Menino ergueu o olhar para as manchas de mofo naquele teto iluminado por archotes. A carroça estava sendo empurrada à mão, pois o túnel era tão baixo que o cavalo não podia entrar. A intervalos regulares havia nichos defensivos, de onde flechas podiam ser disparadas, caso alguém tentasse atacar o Palácio por ali.

Muito acima da cabeça de Menino, sobre a base rochosa daquela colina, apoiava-se o esplendor do Palácio propriamente dito, imenso e magnífico. Mas isso Menino não via. Lá em cima, no céu noturno, o Palácio refulgia feito uma joia. Tochas e lampiões brilhavam em cada janela ornamentada. Aqui e ali se refletia o brilho da abóbada dourada da capela do Palácio, ou da agulha da torre do sino.

O Palácio era uma coleção de maravilhas, destinada a impressionar os transeuntes com a grandeza da linhagem imperial e a humilhar os mortais comuns. Fora construído ao longo de muitos anos. Cada imperador acrescentava algo novo, tentando descobrir um jeito de superar seu antecessor com uma agulha mais elaborada ou uma torre mais extravagante. O resultado fora um vasto amontoado de alucinações arquitetônicas, que se erguia para os céus equilibrado sobre um morrote ao sul do rio.

O Palácio convergia sobre si próprio. Afinal, aquelas maravilhas não se destinavam a serem admiradas pela ralé da Cidade. Os plebeus já ficavam suficientemente impressionados com a altura das muralhas e os contrafortes que marcavam o perímetro. O verdadeiro esplendor do Palácio só era visível por dentro, a partir do Grande Pátio, do Gramado do Imperador, ou dos Jardins Reais. Era ali que se podia parar e ficar olhando boquiaberto para a vastidão de telhados dourados, cúpulas acobreadas, e esculturas de mármore.

No momento, grande parte desses encantos encontrava-se coberta por mais de um metro de neve. De qualquer forma, Menino não estava vendo isso. Nas profundezas do túnel, ele chegou a um espaço mais largo e alto. Ali a carroça foi emborcada. Junto com os demais pertences de Valerian, Menino foi lançado sobre as frias lajotas do piso inóspito.

Ele ouviu o rangido de uma porta ou um portão, e depois o barulho de uma grande fechadura sendo trancada. Passadas se distanciaram, e tudo ficou em silêncio.

Menino foi se contorcendo até virar de costas. Depois conseguiu sentar e se apoiar na parede.

A escuridão ao redor era completa.

O pulso de Menino ainda doía devido à queda na casa. Ele estava cansado e com frio.

Fazendo força para enxergar qualquer coisa que fosse, ele subitamente tomou consciência de algo.

Um barulho.

Inicialmente leve, o barulho foi ficando mais forte enquanto se aproximava dele. Era um som arrastado e áspero. Macio, mas pesado. Parecia seguido por uma respiração grave e roufenha, como a de uma criatura semiestrangulada.

Mas, quando Menino estava quase convencido de que aquilo não era apenas imaginação, o som se distanciou e depois desapareceu inteiramente, deixando outra coisa para trás. Um cheiro.

O cheiro de sangue fresco.

2

Willow e Kepler pararam na soleira da Casa Amarela, e perceberam que algo estava errado. Nenhum dos dois tinha a chave daquela casa, mas isso não era necessário. A neve nos degraus da entrada e diante da casa estava toda pisoteada, revelando os rastros das rodas de uma carroça. A porta estava entreaberta.

– Ladrões? – sussurrou Kepler.

– Eles podem estar aí dentro ainda – disse Willow com voz trêmula.

– Então é melhor avançarmos com cuidado.

Kepler deu um passo adiante, e bateu com o pé em algo que jazia na neve. Olhou para baixo e apanhou o objeto. Surpreso, viu que era a lente.

– O que é? – perguntou Willow.

– Foi isso mesmo que mandei Menino vir buscar aqui.

Os dois se calaram, e olharam novamente para a porta aberta da Casa Amarela.

Estava escuro lá dentro, e eles não haviam trazido luz alguma.

Entrando cautelosamente às apalpadelas, Willow e Kepler esperaram até seus olhos se acostumarem à penumbra. Só uma claridade muito tênue conseguia penetrar na casa devido aos archotes na rua, atravessando as janelas sujas que havia no alto do vestíbulo.

Os dois ficaram escutando atentamente. Nada ouviram, mas não relaxaram. A casa parecia um animal predador, feito uma fera prestes a dar o bote.

Os dois foram subindo, inexoravelmente atraídos pela escadaria em espiral que levava à Torre.

No patamar do terceiro andar, havia um pouco mais de luz vazando pela alta claraboia de vidro. Eles conseguiram avançar rumo à Torre com mais facilidade, mas ainda prosseguiam com cuidado.

Instintivamente, haviam encontrado o caminho até o coração ferido da casa. Kepler ia à frente, e eles prontamente viram que a sala da Torre tivera as entranhas reviradas. Quase tudo de valor fora retirado do aposento. Todos os livros haviam desaparecido, juntamente com os aparelhos científicos e a parafernália mágica que formavam a identidade da sala. Restavam apenas as coisas que eram grandes demais para serem carregadas, ou estavam quebradas, além da mesa de projeção da câmara obscura e a velha poltrona de couro.

Kepler abanou a cabeça.

– Em nome de Deus, o que aconteceu aqui? – disse ele.

Willow ficou calada por um instante, depois perguntou:

– Será que nos arriscamos a acender uma luz? Ele guardava uma caixa de fósforos no parapeito da janela...

Tateando na penumbra, ela logo encontrou os fósforos no lugar onde vira a caixa pela última vez.

Kepler virou para ela e balançou a cabeça.

– Está bem – disse ele. – Os patifes já foram embora há muito tempo.

Willow riscou um fósforo e segurou o palito acima da cabeça, espalhando o brilho daquela luz fraca pelo aposento.

– Cuidado! – gritou ela, subitamente.

Mas Kepler já vira que o alçapão estava escancarado feito uma bocarra negra no chão, a poucos centímetros dos seus pés.

Ele deu um passo atrás, e disse:

– Então eles roubaram tudo que podiam...

– Por quê?

Kepler deu de ombros.

– Não sei.

– Mas onde está Menino? – perguntou Willow.

Kepler lançou o olhar pela confusão em torno.

Willow soltou um guincho e largou o fósforo, que ardera até queimar-lhe a ponta dos dedos.

– Acenda outro depressa! – disse Kepler. – Eu vi uma coisa.

Willow riscou outro fósforo, e mais uma vez um pequeno facho de luz se espalhou em torno deles.

– Ali! – disse Kepler. – Logo ali!

– O que é? – perguntou Willow, seguindo Kepler cuidadosamente até a borda do buraco formado pelo alçapão.

Havia algo ali no chão que atraíra a atenção dele.

Kepler se abaixou e apanhou o objeto.

Era uma pena branca.

– O que é isso? – perguntou Willow desesperadamente. – O que significa?

– Significa que nossos bandidos eram pessoas muito poderosas. E também significa que eu acho que sei onde Menino está. No Palácio Imperial.

– Como você sabe? – perguntou Willow.

– A pena. Esta pena é do uniforme de um Guarda Imperial. É lá que ele está.

Willow largou o fósforo novamente, e eles voltaram a ficar no escuro.

– Eu vou tirar Menino de lá – disse Kepler, sem falar diretamente com Willow.

– Eu vou ajudar. Posso ir com você.

– Dessa vez não, menina! – declarou Kepler. – Já cansei de ser seguido por você. Menino é meu. Não preciso da sua ajuda para coisa alguma. Muito menos com Menino. Você pode voltar para o orfanato, e agradeça pelo emprego que eu lhe arranjei!

Willow ficou calada.

Ela já sabia o que ia fazer, gostasse Kepler ou não. Não valia a pena discutir sobre aquilo.

Sem dar mais uma palavra, Willow deixou a Torre e a casa para trás.

Kepler ficou parado nas ruínas da Torre, ruminando.
– Menino! – disse ele para o ar escuro em volta. – Isso não deveria ter acontecido. Ainda não. Mas seu destino agora é meu. Você será meu.
Tirou a lente do bolso e apertou-a com força no punho.
– E eu tenho isto, pelo menos...

3

Menino passou muito tempo sem ver ou ouvir coisa alguma. Parecia ter ficado surdo e cego. Começou a entrar em pânico, até que finalmente não aguentou mais.

– Olá? Olá? – gritou ele na escuridão, para provar a si mesmo que não ensurdecera.

A voz ecoou de forma breve e fraca em torno dele. Depois morreu. Ele se lembrou dos túneis em que fora perseguido por Valerian, e não gostou nem um pouco da lembrança.

– Por favor! Por favor, não me deixem aqui!

Menino tinha a impressão de ser coberto por um silêncio pesado, assim que sua voz morria naquelas paredes de pedra próximas e no úmido teto baixo. Já estava prestes a gritar pela terceira vez, quando sentiu o mesmo cheiro que sentira antes. Seu coração disparou, mas ele não ouviu ruído algum. Talvez não fosse uma boa ideia ficar bradando para o vazio.

Ele encostou a cabeça de volta no frio piso de pedra. Ainda amarrado como um animal abatido, ficou deitado por algum tempo.

E adormeceu.

Quando acordou, estava sendo puxado rudemente pelos tornozelos, do lugar onde jazia.

Parecia haver mãos por toda parte, agarrando o corpo dele. Mas Menino ainda não conseguia enxergar coisa alguma. Sua visão estava ofuscada pelo brilho de vários lampiões a óleo. Ele ainda começou a perguntar: – O que...

Mas perdeu o fôlego ao ser lançado sobre o ombro de alguém.

– Vamos logo com isso – disse uma voz. – Ele está de péssimo humor. E quer tudo agora.

– Como sempre – disse outra voz.

Um instante depois, Menino foi levado embora por um túnel baixo e escuro. Sentiu que dessa vez, no entanto, estava subindo rumo ao mundo real. Ficou feliz por isso, ao menos. Talvez lá em cima houvesse alguém com quem pudesse falar, para explicar as coisas e recuperar a liberdade. Aquilo tudo devia ser um engano idiota. Ele não podia *realmente* pertencer ao Imperador. Como a maioria do povo na Cidade, Menino sabia pouco sobre o Imperador, além de algumas vagas histórias. Diziam que ele era muito velho, e meio maluco. Mas ninguém tinha certeza de coisa alguma.

Quando seus olhos se acostumaram às luzes que oscilavam à sua frente, Menino viu que estava sendo carregado por um sujeito que fazia parte de uma longa fileira de homens, cada um com seu fardo. Como ele ia pendurado de cabeça para baixo, era difícil saber ao certo, mas, quando a fileira entrou num túnel maior, iluminado por tochas, Menino percebeu o que os homens estavam carregando. Os pertences de Valerian. Todos juntos.

Enquanto pensava no que poderia estar acontecendo, Menino sentiu outra coisa. O tal cheiro novamente. Ele torceu o corpo para ver qual era a fonte daquilo. Sob a luz fraca, conseguiu apenas discernir, escavada grosseiramente na parede rochosa do túnel, a entrada baixa de uma escadaria com degraus que iam descendo. Na frente havia uma grade de ferro, fechada por um cadeado preso com uma corrente.

Atrás da grade, Menino viu que os degraus eram estreitos e pavorosamente íngremes. Ele ficou tonto só de olhar para aquilo. Depois, a escadaria mergulhava na escuridão, parecendo não ter fim.

– Pare de se mexer, seu macaco – rosnou o sujeito que carregava Menino.

Ele afrouxou o corpo novamente, e os dois deixaram para trás a entrada da escadaria da escuridão.

Continuaram marchando para cima devagar, mas logo viraram e subiram três degraus de pedra. Chegaram a um portal, e subitamente foram cercados por uma luz brilhante.

Estavam num longo corredor, belamente ornamentado, com um assoalho de madeira polida. A forte claridade matinal jorrava pelas altas janelas. Ao longo das paredes, pendiam imensos retratos, rebuscadamente emoldurados, de pessoas com trajes só envergados pela realeza.

O corredor parecia se prolongar infinitamente. Quando eles, por fim, dobraram e saíram dali, viram à sua frente a fileira de homens já percorrendo uma galeria idêntica. Foram adiante, subindo e descendo escadarias, ou atravessando incontáveis aposentos e corredores que reluziam como ouro.

Menino enfim compreendeu que estava realmente no Palácio Imperial.

Ele ouviu vozes mais adiante, e, mesmo de cabeça para baixo, percebeu que chegara a um aposento do tamanho de um salão de baile. Janelas enormes tomavam a maior parte de uma parede, inundando o aposento com mais luz do que os olhos de Menino podiam tolerar no momento. Ele semicerrou as pálpebras ao ser despejado sobre o tampo de uma mesa. Piscou e tentou endireitar o corpo.

– Fique aí, fedelho! – disse rispidamente o carregador, dando um cascudo na cabeça dele. Menino ficou deitado, piscando.

Foi abrindo os olhos gradualmente, enquanto se acostumava com a claridade, e logo ousou espiar ao redor. Havia alguns homens de pé, reunidos em grupos, enquanto outros ainda estavam chegando pela mesma entrada usada por Menino. Todos carregavam os pertences de Valerian. Era impossível contar quantos entravam com dúzias de livros encapados em couro. Os grossos volumes eram empilhados em compridas mesas de carvalho polido, iguais àquela em que Menino estava deitado.

De vez em quando alguém dava uma olhadela para ele, mas Menino era ignorado sempre que tentava atrair a atenção da pessoa. Parecia que ele não passava de um animal ou uma curiosidade numa feira.

Subitamente houve um tumulto. Os carregadores se apressaram freneticamente ao longo das mesas e foram saindo. Uma trombeta soou na outra ponta do aposento, e os grupos se separaram, formando uma fileira organizada. Todos se curvaram de forma ridiculamente exagerada.

Uma voz nervosa exclamou:

– Sua Majestade Imperial, sua Grandeza Real, imperador Frederick!

Deitado ali, Menino torceu o corpo e olhou para a outra ponta do aposento.

Um vulto alto e imponente, trajando uma túnica vermelha como sangue, adentrou o recinto. O silêncio era total.

Tal como muita gente na Cidade, Menino frequentemente duvidara de que realmente existisse um imperador atrás das altas muralhas do Palácio. Ninguém via imperador algum havia anos. A vida na Cidade parecia seguir perfeitamente bem por si só, e parte do povo achava a história do imperador apenas uma lenda.

Mas agora Menino tinha diante dos olhos um homem poderoso, de cabeça raspada, atravessando o salão de baile a passos largos, e percebeu que os boatos eram falsos. Um segundo vulto seguia o primeiro. Um velhote ricamente trajado, porém encolhido, manquitolava atrás do imperador, que esperava parado com a mão sobre uma cadeira de espaldar alto, tão suntuosa que poderia ser um trono.

Menino ficou olhando, intrigado. Os homens enfileirados continuavam curvados com os narizes perto dos joelhos, enquanto o velhote ia se arrastando e saltitando pelo caminho. Ele chegou ao trono, sentou, recostou a cabeça, e fechou os olhos.

Por fim abriu os olhos novamente, e virou para encarar o homem alto ao seu lado.

– É bom que isso valha a pena, Maxim – ganiu ele. – Eu não venho aos Aposentos do Leste desde... nem me lembro, mas há escadarias demais no caminho. Você deveria ter me trazido aqui carregado numa cadeira.

– Peço desculpas, Imperador – disse Maxim.

E então Menino entendeu. O Imperador era aquele baixinho decrépito, e não o vulto alto de vermelho.

Imperador Frederick. O último da sua linhagem, com pelo menos oitenta anos de idade, e sem parente algum como sucessor.

– Eu realmente acredito que Vossa Majestade deve ver tudo que recuperamos na casa do mágico – continuou Maxim. – E lembro que Vossa Majestade disse que o Salão de Baile do Leste seria o único lugar com tamanho suficiente para...

– Que absurdo! – rebateu Frederick. – Eu não falei isso. Você sabe que eu jamais mudo de ideia! Qual é o problema da Corte? Tem o dobro do tamanho, e fica num andar bem mais perto dos meus aposentos! Você ousa me contradizer, Maxim?

– Claro que não – respondeu Maxim sem expressão. – Não questiono meu Imperador. Mas alguns dos itens dificilmente poderiam ser... transportados até lá. Vamos começar?

Maxim acenou para que Frederick se juntasse a ele, mas o Imperador fechou os olhos e abanou a cabeça.

– Vou ver daqui mesmo. Pode começar.

Maxim estalou os dedos. Todos os cortesãos enfileirados que continuavam curvados se aprumaram, alguns mais depressa que outros. Um ou dois mais idosos se empertigaram muito lentamente, com as mãos segurando as costas. Alguns foram se juntar a Maxim, que já caminhava ao longo das mesas, inspecionando as coisas expostas.

Incapaz de endireitar o corpo, Menino tinha uma visão bastante deformada do que acontecia. Apesar disso, sentiu que havia algo de familiar em Maxim. Era o jeito com que ele se movimentava, olhava para o Imperador, e parecia estar controlando a voz quando falava. Havia nele algo inquieto e faminto, que Menino não sabia exatamente o que era.

– Artefatos mágicos, Majestade! – anunciou Maxim do outro lado do aposento.

Frederick bocejou, abriu os olhos por um segundo, e depois fechou-os novamente.

– Por que precisamos fazer isso tão cedo? – disse ele com rispidez para Maxim. – Você sabe que meu estômago dói quando eu preciso levantar cedo.
– Já é quase meio-dia – respondeu Maxim calmamente. – Achei que o assunto era urgente demais para esperar. Esse equipamento mágico pode conter o segredo de poderes ocultos que talvez ajudem a nossa busca.
Menino olhou para as coisas que Maxim indicara, e franziu a testa. Para ele, uma caixa onde galinhas desapareciam ou um aparelho que criava a cortina de fumaça no número teatral de Valerian pouco serviriam para qualquer coisa de interesse do Imperador.
Maxim e os demais membros da corte avançaram até o grupo seguinte de mesas.
– Livros, Majestade – anunciou Maxim para Frederick, que permaneceu de olhos fechados, acenando desdenhosamente com a mão.
– E daí? Nós já temos um monte de livros.
Maxim mordeu a língua.
– Sim, Majestade. Mas o mágico era conhecido por ter alguns livros de poder considerável. Certos livros...
Maxim fez uma pausa, pensando que Frederick reagiria a isso, mas o Imperador mal escutava.
Maxim suspirou e prosseguiu:
– Talvez alguma resposta para a nossa busca esteja dentro de um desses volumes. Eu dirigirei minhas pesquisas para isso, esquadrinhando cada página à procura de um indício, por mais tênue que seja.
Maxim acenou em direção às centenas de livros empilhados desordenadamente sobre as mesas.
E isso deve me livrar dele por algum tempo, pensou Maxim com seus botões.
Depois deu um grande sorriso falso, e continuou:
– Na verdade, estou convencido de que a solução do nosso problema jaz nessa direção. O mágico...
A frase foi interrompida no meio, pois Maxim vira algo surpreendente. Encolhido sobre uma das mesas, com as mãos e os pés amarrados atrás das costas, havia um rapazola magrelo com o cabelo espetado.

Maxim ficou emudecido por um instante. Olhou para um dos carregadores, que sussurrou-lhe algo depressa no ouvido.

– O fâmulo do mágico! – anunciou Maxim.

Frederick tossiu, abriu os olhos e viu a mão de Maxim apontando o lugar onde Menino estava deitado.

– O que do mágico? – gaguejou ele.

– O ajudante dele – retrucou Maxim. – O aprendiz. O... menino dele. Foi encontrado nas ruínas da casa. Pertencia ao mágico. Achamos que ele pode servir para explicar muitas das práticas e habilidades do antigo patrão.

Menino franziu a testa, sentindo uma coceira no nariz que não conseguia alcançar.

Todos ficaram em silêncio, enquanto o imperador piscava os olhos miúdos lentamente.

– Maxim, estou farto disso – disse ele.

– Majestade, esse é um grande avanço na nossa busca. Estamos nos aproximando de...

– Cale a boca! – ganiu Frederick. – Cale a boca! Vocês não estão se aproximando de coisa alguma. Mas eu já estou me aproximando da hora do almoço, e ainda nem tomei café da manhã.

– Majestade...

– E você, Maxim, está se aproximando do cutelo do carrasco.

– Majestade, eu...

– Tente me entender, Maxim. Eu desejo que você tenha êxito nessa busca. É algo vital. Mas como você fará isso, não me interessa. Entendeu? Portanto, arranje logo uma cadeira para me levar ao café da manhã. E obrigue a porcaria do cozinheiro a fazer os ovos direito. Você sabe que eu passo mal com ovos moles demais. Juro que aquele sujeito está querendo me matar.

Maxim tentou dizer: – Sim, Majestade, eu...

Sem dar ouvidos a ele, o Imperador continuou:

– Estou perdendo a paciência. Juro que estou. É melhor você encontrar uma resposta logo. Onde está a porcaria da cadeira? Você sabe que eu não posso esperar o dia todo. Assim não vou ter tempo de tomar o café da manhã antes do almoço. Você sabe que eu fico com dor de cabeça quando não descanso bastante entre as refeições. Mas você também está querendo me matar. Só que eu não vou deixar.

O Imperador se pôs de pé.

– Venha, Maxim! Vamos voltar a pé, embora você saiba que os meus pés doem. Se eu desmaiar no caminho, você precisará me carregar.

Seguido por Maxim, ele saiu manquitolando pelo aposento.

– Ande logo, Maxim! Ande logo! E mais uma coisa... mande jogar esse fedelho no rio. Ele está sujo, e provavelmente tem alguma doença contagiosa. Você nunca pensa no meu bem-estar! Nunca! Ele não passa de um pivete de rua. É sério! Existem milhares como ele lá fora! A Cidade inteira parece um mendigo escabroso, com as mãos estendidas pedindo uma moeda. Não quero saber disso. Mande jogar esse garoto no rio, e depois providencie o meu café da manhã. Maxim!

Ele chegou ao final do aposento, e desapareceu num corredor qualquer.

– Majestade! – exclamou Maxim, indo depressa atrás dele. – Já estou indo, Majestade.

Menino já aprumara parcialmente o corpo. Quando tentou sentar direito, porém, caiu da mesa.

Os guardas correram em direção a ele, que estava se contorcendo no chão.

– Muito bem – disse um dos cortesãos. – Todo mundo ouviu Sua Majestade. Joguem o fedelho no rio.

Imediatamente, várias mãos agarraram as roupas de Menino. Mais uma vez, ele foi jogado sobre os ombros de alguém.

– Não! – gritou ele. – Não!

Quando tentou gritar novamente, um lenço enrolado foi enfiado em sua boca, impedindo que ele fizesse mais barulho.

– Vamos logo com isso – disse alguém. – Já temos trabalho demais para hoje.

4

Menino se debateu, mas não adiantou. Ele estava preso por quatro pares de mãos, com tanta firmeza que não havia chance de fuga.

Então cuspiu o lenço para fora da boca.

– Vocês não podem fazer isso! – berrou, tentando chutar os homens que o carregavam. – Eu não fiz coisa alguma! Vocês não podem fazer isso.

Os homens não responderam, mas um deles deu um tapa na cabeça de Menino por trás.

– Que fedelho! – disse o sujeito para os companheiros.

Eles estavam se apressando por um corredor escuro e estreito, com um piso de lajotas grosseiras que descia suavemente.

– Seria mais fácil jogar o fedelho lá em baixo – resmungou um dos homens.

– Onde?

– Você sabe do que eu estou falando.

– E salvar uma outra pobre alma – disse outra voz.

– Vocês ouviram o que ele falou – disse a segunda voz. – Joguem o fedelho no rio, e voltem ao trabalho.

Todos se calaram depois disso.

Os homens aumentaram suas passadas. Menino redobrou os esforços para se libertar e levou outro cascudo na cabeça, além de um soco nas costelas. Já podia ouvir o barulho de água correndo em algum lugar ali perto.

– Então, está bem. Vamos acabar logo com isso.

Pelo som e pelo cheiro da água, Menino achou que eles haviam parado junto a um ancoradouro subterrâneo. Percebeu que estava outra vez à beira daquele labirinto subterrâneo de canais e catacumbas, em que fora incansavelmente perseguido por Valerian nos dias mortos antes do fim do ano, e antes da morte do próprio Valerian. Portanto, havia ao menos uma ligação entre o Palácio e aquele frio mundo úmido que se ocultava sob a Cidade propriamente dita.

– Pronto! – gritou um dos homens. – Quando eu disser três...

Menino já desistira de implorar, mas tentou resistir e chutar com mais força ainda. Estava indefeso. Sabia que afundaria feito uma pedra assim que batesse na água.

– Um! – gritou o sujeito.
– Dois!

Então ouviu-se outro grito atrás deles.

– Esperem!

Menino reconheceu aquele tom de comando. A voz pertencia a Maxim.

Dois dos homens hesitaram. O terceiro já começara a lançar os joelhos de Menino para fora, e suas mãos escorregaram. Os fundilhos de Menino chegaram a mergulhar na água. Os dois sujeitos que seguravam os ombros dele se desequilibraram. Por pouco, todos não caíram juntos dentro do rio.

Maxim correu para ajudar seus subordinados, e Menino foi facilmente retirado do rio subterrâneo.

Os homens deixaram Menino deitado no ancoradouro e recuaram.

– Senhor? – disse um deles, erguendo o olhar para Maxim.

Menino percebeu que a relação entre os homens e Maxim era baseada em algo que ele conhecera bem durante a convivência com Valerian. Medo.

Valerian. Menino percebeu quem Maxim lembrara quando ele o vira pela primeira vez no salão de baile. Os dois tinham a mesma mistura estranha de desespero e poder assustador.

Maxim examinou a cena à sua frente, enquanto torcia a manga da túnica, que chegara a mergulhar na água.

– Talvez o Imperador ache que não precisa do menino, mas eu preciso – disse ele. – Podem me deixar com ele.

Os homens foram andando devagar em direção aos degraus que levavam ao Palácio.

– Muito bem, Senhor – disse um deles.

Menino rolou de lado, conseguiu ajoelhar, e ergueu o olhar para Maxim.

– Ah, mais uma coisa – disse Maxim para os homens que se afastavam. – Esqueçam o que aconteceu aqui. Se alguém perguntar, vocês jogaram o menino na água, como ordenado. Eu cuidarei dele de agora em diante.

Ensopado da cintura para baixo, tremendo e pingando no piso de lajotas, Menino não se sentiu reconfortado pelas palavras de Maxim.

5

O corpo de Menino jazia, adormecido, cinquenta metros abaixo do reluzente piso de mármore da Corte, mas sua mente estava em outro lugar. Num sonho febril, ele caminhava por um corredor de pedra, esburacado e negro como a noite. Pensou que pararia no topo da escadaria que esperava ver, mas notou, alarmado, que já começara a descer aqueles degraus íngremes, um a um.

Incapazes de parar, seus pés se moviam por vontade própria, levando Menino cada vez mais para o fundo, em direção à coisa que esperava por ele. Pois ele tinha certeza de que algo vivia ao pé daquela escadaria escura. E era algo que podia lhe tirar a vida.

Os degraus eram tão estreitos que o pé de Menino mal cabia em cada um, e tão vertiginosamente íngremes que deixavam a cabeça dele tonta.

Menino olhou em torno, já sem conseguir enxergar a entrada da escadaria. Num acesso de pânico, virou e pisou em falso. Escorregou para frente e bateu de cabeça na escadaria pavorosa, despencando em direção à coisa.

Menino soltou um berro.

E acordou.

6

Menino não sabia quanto tempo já passara naquela cela.

Depois de ser salvo por Maxim de se afogar no rio subterrâneo, ele fora arrastado pelo pescoço por corredores intermináveis, até chegar a um grande aposento abobadado nas profundezas do Palácio. Ao redor das paredes, havia uma série de celas. Três lados de cada cela eram formados por grades de ferro, e o quarto era a própria parede de pedra da masmorra. As barras das grades iam até o teto, não havendo espaço para passar por cima.

Menino conseguia enxergar pelo menos três celas de cada lado, e uma fileira semelhante do outro lado. O aposento todo era iluminado por um fumacento lampião a óleo, preso numa longa corrente pendurada no centro do teto.

Maxim fechara a porta da cela, e girara a chave na fechadura.

– Eu voltarei – dissera apenas, e saíra.

Mas Menino não sabia quanto tempo se passara desde então.

Fosse por negligência ou ignorância, ele não fora revistado por pessoa alguma depois de capturado, e ainda tinha no bolso o tal pedaço de metal para arrombar trancas.

Depois que Maxim fora embora, Menino esperara um bom tempo, e depois olhara em volta. Pelo que ele conseguia enxergar à meia-luz, ninguém ocupava as outras celas. Mas, de vez em quando, ele achava que ouvira algo no outro lado do aposento.

Menino ficara mexendo na tranca, e logo conseguira reposicionar o mecanismo. A fechadura girara. Ele parara novamente, e olhara em volta. Nada. Ele saíra da cela na ponta dos pés e fora até o centro do aposento, sob o lampião a óleo.

A luz era tão fraca que não deixava Menino enxergar a masmorra inteira. Ele só conseguira distinguir grupos de celas encostadas nas paredes, e, no meio do espaço, um braseiro simples, com um tripé para pendurar um pote ou caldeirão por cima. Havia algumas outras coisas no meio do aposento, como uma espécie de mesa, e uma cadeira que mais parecia um trono de madeira.

Menino se aproximara mais, achando que a mesa e a cadeira lembravam um pouco os equipamentos que Valerian usava no número que os dois faziam juntos no palco. Logo depois, porém, ele percebera que havia trancas nos braços da cadeira e uma catraca na ponta da mesa.

Menino resolvera não esperar mais.

O piso da masmorra se elevava suavemente num dos lados, e, na parede do lado mais alto, ficava a porta por onde Maxim saíra.

Menino correra para lá, e tentara girar a maçaneta. A porta estava trancada, obviamente, mas a fechadura não tinha buraco daquele lado.

O coração de Menino disparara, e ele sacudira a maçaneta violentamente. Não adiantara. Ele sentara no chão, encostado na porta, tentando decidir o que fazer.

Ficara parado ali, procurando uma maneira de fugir. Mas como não vira saída, passara a refletir sobre outras coisas. Pensara em Willow. Onde andaria ela? O que estaria fazendo?

Menino tentara imaginar o que Willow pensara quando ele não aparecera no chafariz.

Sua ruminação fora interrompida pelo som de passadas. Ele levantara e correra o mais depressa possível para a cela, trancando a porta depois de entrar. Caso fosse continuar preso ali, seria melhor que os carcereiros não percebessem que ele sabia arrombar fechaduras e podia pelo menos escapar da cela interna.

Assim que Menino escondera o pedaço de metal no bolso outra vez, a porta distante fora aberta com estrondo.

Ele ficara surpreso, e até um pouco aliviado, ao ver que não fora Maxim que entrara no aposento. Fora um velhote encurvado, calvo, e maltrapilho. Isso significava que ao menos mais uma pessoa sabia onde ele estava. Sua vida já não dependia unicamente do interesse de Maxim por ele.

O velhote carregava uma bandeja com duas tigelas. Chegara perto da cela de Menino, e pusera a bandeja no chão. Só então Menino percebera que ele era cego. Seus olhos estavam abertos, mas desfocados, fitando o vazio. Menino ficara admirado ao ver que o velhote conseguira atravessar o aposento até aquela cela sem hesitar, e calculara que ele provavelmente fizera aquilo muitas vezes.

O carcereiro cego empurrara uma das tigelas pelo intervalo entre as barras da grade.

– Tome aí – dissera ele. – Faça essa comida durar.

Menino olhara para a tigela de madeira, e vira uma gosma acinzentada lá dentro. Não havia colher.

Apanhando a bandeja com a outra tigela, o velhote endireitara o corpo.

– Espere! – gritara Menino. – Não vá embora! Conte para mim o que está acontecendo! O que eles vão fazer comigo?

Mas o velhote não parara.

– Não tenho ideia – dissera ele, continuando a caminhar. – Eu só trago a comida.

– Espere! Por favor, volte! – exclamara Menino. Mas o carcereiro já estava do outro lado do aposento, e não lhe dera mais atenção.

Menino levantara e ficara andando pela cela, tentando se concentrar numa maneira de sair do buraco nojento em que estava.

Depois de um tempo, ele parara, sem ter pensado em jeito algum, mas lembrando-se de algo importante que descobrira.

Havia alguém numa das demais celas, pois a segunda tigela devia ser para outro prisioneiro.

Menino olhara para a própria comida.

Resolvera comer aquilo, e depois descobrir quem mais estava trancafiado na masmorra. Mas, assim que engolira o primeiro bocado, a luz do lampião a óleo começara a bruxulear e esmaecer.

Pouco depois a luz morrera completamente, e Menino terminara sua refeição no escuro. Sem poder enxergar, ele não ousava sair da cela, e ficara deitado lá.

Algum tempo depois ouvira, ou achara que ouvira, um barulho. Parecia que alguém estava cantando. Mas o som era tão fraco que Menino não sabia ao certo se era real ou imaginário. E logo ele não conseguira ouvir mais barulho algum, por mais que tentasse.

Desde então, ele não ouvira ou vira mais coisa alguma. Sem outro estímulo para seus sentidos, apenas uma imagem fantasmagórica jazia diante dos olhos de Menino... a imagem de uma escadaria de pedra, descendo para a escuridão desconhecida.

Willow passara dois dias perambulando pelas muralhas do Palácio, tentando descobrir um jeito de entrar no vasto complexo de prédios. Apesar do tamanho, o Palácio tinha relativamente poucas entradas, para facilitar sua defesa. Na realidade, contudo, o Palácio jamais fora atacado por qualquer força invasora ou insurreição local. Quando o poder imperial ainda existia, tinha tanta força que impedia invasões por parte de qualquer exército. Depois que o império desaparecera, porém, o Palácio virara uma estranha curiosidade para a maioria das pessoas, embora oficialmente ainda governasse a Cidade. Só que a maior parte das decisões era tomada pelas diversas sociedades, ligas e organizações. Na prática, a Cidade e o Palácio se ignoravam mutuamente.

Mesmo assim, devido à paranoia e à vaidade de uma série de imperadores esquisitos, cada um mais amalucado que o anterior, o Palácio retinha a imagem de um castelo. Como resultado, ali a entrada e a saída eram severamente controladas. Apesar de estar em decadência, a reputação do Palácio como um centro de influência, riqueza e grande conhecimento continuava atraindo viajantes por todo o continente.

Willow fugira do orfanato sem sequer receber seu salário semanal. Estava desabrigada nas ruas pela primeira vez na vida, e começara a sentir como Menino vivera por tantos anos. Como a fome já amortecera seu senso de certo e errado, ela roubara um pão de um camelô. Assim que comera o alimento, no entanto, sentira-se culpada, e jurara que pagaria o sujeito três vezes mais, quando pudesse.

Ela estava sentada num mourão de pedra do outro lado da rua, diante de uma das principais entradas do Palácio, o Portão do Leste. Tal como o único outro acesso, o Portão do Norte, aquela entrada do Palácio era altamente vigiada e fortificada.

Willow passara horas observando, tentando ver se havia alguma brecha naquela armadura que lhe oferecesse a chance de passar. Mas nada descobrira. Cada mercador ou visitante precisava se apresentar diante de um guichê gradeado e explicar a finalidade de sua visita. Muitos pareciam acenar com um documento ou algo semelhante para o guarda lá dentro, antes que a pesada e pontiaguda treliça de ferro fosse erguida para que eles pudessem entrar.

Não havia como passar pelo Portão do Leste, a menos que a pessoa tivesse algum assunto oficial a tratar. E Willow sabia que acontecia exatamente a mesma coisa no Portão do Norte, pois passara horas lá na véspera, fazendo exatamente a mesma coisa.

Ela continuou sentada desconsoladamente no mourão, sentindo mais frio a cada minuto. Já era final de tarde, e nevava incessantemente. O sol sumira havia vários dias, e a Cidade estava lentamente parando. Willow escutara dois mercadores resmungando que haveria falta de comida em breve, caso a nevasca continuasse. Eles tinham uma expressão séria, mas depois riram ao dizer que aumentariam seus preços quando os suprimentos rareassem.

Willow levantou e saiu caminhando em torno do Palácio novamente. Havia uma rua de paralelepípedos que rodeava toda a base da construção. Chamava-se rua da Plantação, por ser ladeada de limeiras. No verão, as árvores proporcionavam uma bela sombra farfalhante, mas no inverno viravam um monte de galhos desnudos apontando rudemente para o céu.

Willow já caminhara mais de um quilômetro, e chegara perto do Portão do Norte outra vez. Ao olhar para aquela fachada impenetrável novamente, notou algo.

Mesmo ainda vigiando tudo que ia e vinha, ela se concentrou sobretudo em um homem específico. O sujeito carregava um grande saco sobre os ombros. Depois de uma longa conversa com dois dos guardas, conseguiu passar pelos portões externos.

Willow avançou correndo, a tempo de ver o homem sendo escoltado por outro guarda pela ladeira que subia rumo aos portões internos.

Subitamente, ela ouviu passadas se aproximando por trás, e antes que pudesse se virar, foi agarrada pelas costas.

Mas conseguiu se libertar, e girou o corpo.

– Você! – exclamou ela.

Kepler estava diante dela, com uma expressão raivosa.

– Willow! – disse ele. – Por que não estou surpreso ao ver você aqui?

8

No terceiro dia Maxim foi visitar Menino.

Ficou diante da cela em que Menino vinha mofando, acordado ou dormindo, mas sempre esfaimado.

– Você aí, menino – disse ele. – Qual é o seu nome?

Menino tentou imaginar o que ele queria dizer. Maxim ficou olhando fixamente para ele. Menino devolveu o olhar. Maxim era alto, talvez tanto quanto Valerian, mas era maior e mais pesado. Seu rosto era arredondado, talvez devido à passagem dos anos, mas mesmo assim era marcante, com olhos e nariz fortes. A ausência de cabelos tornava as orelhas ainda mais pronunciadas. Ele tinha uma voz profunda como a do diabo.

– Responda, menino insolente! – disse ele com rispidez para Menino. – Qual é o seu nome?

Menino enfim entendeu. Claro, o homem à sua frente não sabia que ele se chamava Menino.

– Menino – disse ele.

– Não banque o esperto comigo – ameaçou Maxim. – Minha paciência pode se esgotar mais cedo do que você gostaria.

– Não estou brincando. Eu me chamo Menino.

Maxim fez uma pausa.

– Você...

– Eu não tenho nome – disse Menino, em tom prestativo.

– Você deve ter nome. Como as pessoas chamam você?

– Menino. Elas me chamam de Menino. É isso que estou tentando dizer a você. Eu cresci nas ruas. Ninguém sabe quem eram meus pais.

– Que coisa tocante – disse Maxim num tom gélido. – Muito bem. Eu também vou chamar você de Menino. Escute aqui, Menino. Você vai me ajudar. Preciso de informação e você vai me dar isso. Se você me disser o que preciso saber, receberá como recompensa a liberdade de voltar para as ruas. Caso contrário, morrerá aqui mesmo.

Menino deu um passo atrás, apesar da grade entre eles.

– O que você quer que eu faça? Eu não sei de coisa alguma.

– Sabe, sim – disse Maxim. – Até recentemente você era o fâmulo do mágico Valerian. Correto?

Menino não respondeu.

– Correto? – gritou Maxim.

– Era – disse Menino. – Era, sim.

– Então acompanhava as atividades dele. Sei que você ajudava o mágico no trabalho, tanto dentro quanto fora do teatro. Não faça essa cara de surpresa. Acha que eu não tenho homens pela Cidade? Espalhei espiões por toda parte, e sei muita coisa sobre Valerian. Por exemplo, sei que ele era mais do que um simples ilusionista de palco. Correto?

Menino assentiu.

– Sim, mas na verdade eu nunca soube...

– Cale a boca, Menino – disse Maxim com aspereza. – Espere até eu pedir que você pense. Sei que você conhecia as habilidades mágicas dele, e também sei que, pouco antes de morrer, ele estava procurando algo. Um livro. Você sabia disso?

Menino ficou gelado por dentro.

– Não – disse ele. – Não sei de livro algum.

Maxim avançou até a grade da cela.

– Você está mentindo. Não minta para mim, Menino. Ou eu trarei alguém aqui para machucar você. Fale do livro para mim.

A simples menção do livro era suficiente para gelar o coração de Menino. Ele sabia que aquilo era perigoso. Vira o que o livro fizera com Valerian e Kepler. Conhecia seu poder traiçoeiro. Ainda assim, ele também queria o livro.

– Não sei do que você está falando – disse Menino, recuando cela adentro. Seus calcanhares bateram subitamente na parede do fundo, e ele se assustou. – Quer dizer, aprendi alguns dos truques de Valerian, e vi que ele tinha muitos livros, mas nada sei sobre eles. Não consigo ler muito bem, entende?

– Cale a boca! – disse Maxim. – Não brinque comigo! Sei que você conhece um livro em particular, um livro muito especial. Onde está esse livro? Valerian encontrou o livro antes de morrer? Fale!

Menino abanou a cabeça, na esperança de que sua voz não tremesse demais.

– Não sei, não sei mesmo! – exclamou ele. – Conheço alguns truques e parte do equipamento, mas não sabia desse livro especial.

Maxim virou para o lado com uma expressão de raiva. Menino prendeu a respiração, esperando ter sido convincente o bastante. Raciocinando freneticamente, tentava calcular se Maxim poderia saber algo sobre o livro. Em caso afirmativo, quem poderia ter contado a ele? E o mais crucial de tudo... para que ele quereria o livro?

Maxim virou-se para ele novamente.

– Já chega, por enquanto – disse ele, sem revelar se acreditara na história de Menino. – Eu voltarei logo. E será melhor você colaborar mais da próxima vez, prometo. Tenho muita necessidade de sangue aqui embaixo, Menino. Portanto, pense no que você sabe e não sabe. Pense nisso com muito cuidado.

Ele foi recuando, com o olhar raivoso ainda sobre Menino. Depois girou sobre os calcanhares e desapareceu porta afora.

9

Maxim mordeu o lábio. Ficou esperando do lado direito do trono, enquanto o Imperador refletia sobre a situação à sua frente.

A Corte estava cheia, com a multidão costumeira toda presente. Havia os médicos. Formavam um bando de bobalhões com menos conhecimento de medicina do que Maxim, mas até que eram úteis. Frederick nunca estava bem. Sempre tinha algum problema. Pelo menos, sempre achava que tinha algum problema. Os médicos eram muito úteis para Maxim. Podiam ser culpados pelo mau estado de saúde do Imperador, livrando Maxim dos queixumes. E caso Frederick dissesse que se sentia melhor do que o normal, coisa que raramente acontecia, Maxim recebia os elogios, fingindo ter mandado os médicos melhorarem o tratamento.

Havia os sonhadores, ou astrólogos. Maxim tinha um controle menor sobre esse grupo. Não porque eles fossem menos subservientes, mas por serem menos previsíveis. Usavam como emblemas do seu ofício uns chapéus pontudos enfeitados com estrelas, e sempre portavam mapas ou diagramas. O Imperador tinha grande confiança nos cálculos astrológicos. Nada fazia quando Saturno estava em movimento retrógrado. Maxim sempre tentava utilizar as informações dos astrólogos para fortalecer sua própria posição, mas eles viviam inventando novidades surpreendentes sem qualquer aviso prévio, e Frederick tinha acessos de pânico. Quando isso acontecia, ele começava a acusar Maxim de deslealdade ou até traição. No mínimo, criticava a falta de cuidado dele em relação à saúde e ao bem-estar geral do Imperador.

Havia alquimistas, necromantes, e outros praticantes de magia que Frederick achara conveniente reunir à sua volta. Muitos deles eram inteiramente risíveis e ineficazes. Mas outros eram suficientemente ladinos e espertos para deixar Maxim preocupado. O Imperador parecia pensar que a resposta a seus problemas seria dada por homens daquele tipo. Jamais concordava quando Maxim sugeria que eles eram demais ali, e que seria melhor dispensar ao menos uma dúzia.

Havia também a Corte propriamente dita, composta por duques, duquesas, nobres e damas, com seus séquitos de agregados. Todos vinham de famílias ricas e poderosas, mas nenhum tinha pretensões diretas ao trono. Formavam o grupo que mais atemorizava Maxim, caso Frederick morresse. Eram conspiradores gananciosos, que só pensavam em seus próprios ganhos. Maxim sempre reconhecia e temia esse tipo de motivação nos outros, pois era movido pelas mesmas aspirações.

E também havia os empregados, embora a maioria deles fosse quase invisível.

A missão de Maxim era governar esse bando exótico, fazer o Palácio funcionar direito, e garantir que Frederick fosse atendido nos menores detalhes, a cada minuto, todos os dias.

Ele estava parado junto ao trono, enquanto o Imperador examinava a candidatura de mais um ocultista.

A influência da Corte de Frederick já não era o que fora outrora, mas ainda corriam muitas histórias sobre sua riqueza. Normalmente, vários candidatos novos chegavam aos portões do Palácio a cada semana. Todos esperavam conquistar o beneplácito do Imperador, e ganhar uma fortuna durante o processo.

O candidato mais recente era um jovem com cabelo ralo e olhar inquieto. Mas Maxim não estava preocupado com ele, e sim com o menino na masmorra. Ele se convencera de que Menino sabia do tal livro. Seus espiões haviam lhe contado que o exemplar fora redescoberto. Maxim sabia que Valerian andara procurando aquela obra. Se o mágico *houvesse* encontrado o livro, o mais provável era que seu menino conhecesse o paradeiro atual do volume.

Acertadamente, Maxim acreditava que só naquele livro poderia encontrar uma solução para seu problema. Devia existir algum jeito de escapar do dilema em que ele fora colocado por Frederick. Por mais que se esforçasse, porém, ele ainda não vislumbrara essa saída.

O Imperador desejava a imortalidade, e nada deteria sua incansável busca por isso. Decrépito e neurótico, a qualquer momento o governante podia decidir que cansara do homem que era seu braço direito.

A situação atual convinha a Maxim. Ele era respeitado, ou ao menos temido, no Palácio inteiro. Morava em aposentos luxuosos. Mas as coisas não podiam continuar assim para sempre, e os planos de Maxim estavam saindo ligeiramente dos eixos.

Por enquanto, a situação servia para ajudar Frederick naquela busca insana, até Maxim terminar de manobrar para manter seu cargo e seu poder, caso o Imperador estivesse vivo ou morto. Mas ele ainda se encontrava muito longe disso. E percebia que talvez o livro tivesse a resposta para os seus problemas, de um modo ou de outro.

– Você diz que pode adivinhar o futuro? – perguntou Frederick. Ele não fazia isso diretamente. Falava por intermédio de Maxim.

Maxim repetiu a pergunta do Imperador, e o homem assentiu avidamente.

– Ah, posso! – disse ele. – Posso, sim!

– Muito bem – disse Frederick a Maxim. – Veja o que ele sabe fazer.

– O Imperador deseja ver uma amostra da sua habilidade – disse Maxim.

– Muito bem! É claro! – disse o sujeito. Parecendo meio nervoso, ele começou a vasculhar a bolsa. Tirou de lá uma bandeja e algumas taças, falando rapidamente: – Vou pedir que alguém aqui esconda esta bola embaixo de uma das taças, e...

– Basta – disse o Imperador em voz baixa.
Maxim deu um passo à frente.
– Pare! – disse ele para o sujeito. – Já temos prestidigitadores demais. Estamos procurando alguém com autêntico dom de clarividência. Você precisa melhorar isso. Vou dar um exemplo.
Ele se virou para a Corte ao fundo.
– Wolfram, venha cá!
Um murmúrio percorreu o aposento, enquanto a multidão abria passagem para um homem de aspecto bastante estranho avançar até o pedestal onde Frederick estava sentado. O sujeito tinha roupas muito simples, e usava um gorro com penas marrons espetadas. Resmungava sozinho enquanto caminhava. Era um dos videntes da Corte. Eles tinham por missão perscrutar o futuro para Frederick. E aquele deveria ser um vidente razoável, pois estava ali havia vários anos. Os menos precisos tendiam a desaparecer rapidamente.
– Majestade? – disse ele, sem emoção.
Frederick meneou a cabeça para Maxim.
Maxim virou para o candidato.
– Você diz que pode prever o futuro. Então diga para nós. O que vai acontecer com você nos próximos cinco minutos?
O candidato deixou cair a bolsa, enxugou a testa, e começou a gaguejar: – Eu... eu não...
Depois se acalmou.
– Quer dizer, acho que receberei um generoso convite para ocupar um cargo sob seu comando, e terei a satisfação de aceitar – disse ele, dando um sorriso forçado.
Maxim virou para o vidente.
– E então, vidente? – perguntou ele.
Pela primeira vez, uma centelha de emoção surgiu no rosto de Wolfram. Ele fechou os olhos e franziu a testa. Depois abriu os olhos, já úmidos, mas foi uma voz monótona e quase desencarnada que falou com Maxim.
– Ele morrerá.

Foi só. Wolfram virou e sumiu multidão adentro.

– Ah, correto! – disse Frederick. – Ele está certo.

O candidato começou a protestar.

– Vocês não podem fazer isso. Ele não pode... foi tudo armado! Vocês não podem simplesmente me matar...

Ele avançou, e de repente tirou da túnica uma faca. Instantaneamente, sem fazer alarde, dois guardas se aproximaram e mataram o candidato ali mesmo.

– Que sujeito tolo – disse Frederick. – Ah, por favor, tirem o corpo daqui! Não fiquem aí parados! Ele está sangrando em cima dos meus tapetes.

Maxim suspirou. Era uma cena que ele vira vezes demais para ainda achar divertida.

Seus pensamentos se voltaram para o estranho menino na masmorra.

10

Assim que o carcereiro cego foi embora, Menino não perdeu tempo.

O homem voltara com mais gosma, e mais óleo para o lampião. Sentira pelo cheiro que a chama se apagara.

Sem pressa alguma, baixara a longa corrente que pendia do teto, e despejara mais óleo na base do lampião.

Menino vira uma fagulha ser riscada ao longe, no centro da masmorra, e o lampião fora aceso.

O carcereiro suspendera a corrente do teto outra vez, trouxera a comida para Menino, e saíra levando uma segunda tigela para mais alguém novamente.

Assim que ele foi embora, Menino pegou seu pedaço de metal e se libertou outra vez. Seguiu diretamente atrás do carcereiro, rumo à parede distante da masmorra.

Quando estava quase no meio do caminho, desviando o olhar das máquinas horrendas no centro do aposento, ouviu aquela cantoria novamente. Ainda era um som fraco. Mesmo sob a luz trêmula do lampião, porém, Menino sabia que estava acordado. Aquilo não era imaginação.

Menino passou pelo lampião a óleo no centro do aposento. Depois disso, a escuridão começou a aumentar outra vez. Ele esperou para ver se seus olhos se acostumariam à penumbra crescente, e após alguns instantes prosseguiu.

A cantoria aumentou. Era a voz de um homem, mas aguda e trêmula.

— Olá! — disse Menino.

Só se ouvia a cantoria. Menino conseguiu discernir algumas palavras. Sem que ele percebesse conscientemente, aquilo parecia familiar.

Certamente você não fugirá?
Quando seu barco estiver pronto para zarpar.
Certamente você ficará
E enfrentará a chuva suave?

Então Menino viu algo. Era um pequeno ponto de luz, tão minúsculo que inicialmente ele achou que podia ser apenas uma ilusão ótica. Quando avançou, porém, a luz aumentou de tamanho. Continuava pequena, mas era forte, e brilhava feito uma joia nas negras profundezas da masmorra.

Menino se aproximou mais, e chegou a uma fila de celas que não vira antes. Eram quatro ou cinco, enfileiradas junto à parede como a dele.

Depois delas brilhava a luz, e Menino viu que na rocha sólida fora aberta uma janela muito pequena, com apenas dois palmos de largura. O orifício ainda era dividido em quatro por uma forte cruz de ferro. Portanto, nem Menino conseguiria enfiar mais do que alguns dedos pelos intervalos.

Ele se aproximou um pouco mais, enquanto a cantoria continuava.

De manhã é bom pensar
Que a noite pode não chegar,
À noite é bom pensar
Que a manhã pode não chegar.
Portanto dancem, queridos, dancem,
Antes de descer a escadaria da escuridão.

— Olá! — disse Menino, percebendo que o carcereiro provavelmente trazia a outra tigela de comida para aquele lugar.

– Olá? – tentou outra vez.
Nada. Ele precisava chegar mais perto.
Percebeu que estava respirando depressa, com arquejos breves e irregulares. Para compensar isso, seu coração começou a bater mais rapidamente, tentando bombear ar suficiente para o resto do corpo.

Menino já estava a um braço de distância da janela, que ficava um pouco acima da sua cabeça. Enquanto se aproximava, ele estendeu a mão trêmula para a grade. Quando ficou na ponta dos pés para espiar, uma luz quente e alaranjada como fogo se espalhou pelo seu rosto. Ele vinha prendendo a respiração, mas o que viu do outro lado da janela fez com que perdesse completamente o fôlego.

Era um aposento de proporções decentes, mas de jeito algum vasto. Tinha um teto baixo, diferentemente da alta abóbada da masmorra. Era óbvio que se tratava de uma antecâmara escavada na rocha. Claramente, ainda fazia parte da masmorra, mas essa era a única relação com aquele lugar imundo e fedorento.

O aposento era lindo, iluminado por dois lampiões a óleo. Um ficava sobre uma mesa pequena, e o outro pendia do teto. Havia grossos tapetes no chão, ocultando a rocha desnuda por baixo.

A mobília era refinada. Havia uma escrivaninha com uma poltrona estofada, além de uma pequena cama ornamentada. Os lençóis pareciam suntuosos, bem como os travesseiros macios, em tons vermelhos e dourados. Havia dois armários e uma cômoda, também da melhor qualidade. Um espelho pequeno, mas com uma moldura imensamente rebuscada, pendia de uma das paredes. Logo abaixo via-se uma pia, com uma bela cuba de porcelana e um vaso do mesmo material.

Havia até uma pequena lareira, com uma chaminé que provavelmente fora perfurada diretamente na rocha, passando pelo Palácio e chegando ao frio ar da Cidade. Pois o aposento parecia completamente livre de fumaça, embora o fogo crepitasse alegremente.

Menino arregalou os olhos, maravilhado, e então viu o homem que cantava.

Estava sentado numa poltrona baixa junto ao fogo. Menino tentou falar novamente, e as palavras ficaram presas em sua boca.

Mas ele fora visto.

– Não me peça comida. Já comi tudo. Você não pode ficar com minha parte.

Menino ainda estava atordoado demais para falar.

O homem voltou a cantar. Menino tentou pensar em algo para dizer ou perguntar, mas ficou perturbado com a cantoria. Ele conhecia aquilo. Conhecia a canção, mas não conseguia se lembrar de onde.

– Quem é você?

Era uma pergunta simples, mas o homem pareceu ficar confuso.

Ele ergueu o olhar para Menino, e depois olhou para o fogo. Não respondeu.

– Eu sou Menino – disse Menino. – Meu nome... é Menino. Quem é você?

O homem devolveu o olhar de Menino. Ele era velho, bastante alto, e provavelmente fora até forte outrora. Usava uma barbicha grisalha, e tinha traços finos, embora os olhos parecessem mortiços.

– Eu? – perguntou ele. – Eu? Eu... não consigo lembrar.

Ele parou de falar e olhou em torno novamente.

Menino fez outra pergunta, gaguejando.

– O que você está fazendo aqui embaixo?

Assim que pronunciou a frase, viu que a pergunta era tola, e fez outra.

– É você que manda aqui? É você que cuida dos prisioneiros?

O homem começou a rir, primeiro suavemente, e depois cada vez mais alto.

– Prisioneiros? – disse ele. – Que prisioneiros? Eu sou o único aqui embaixo agora.

Os pés de Menino já estavam doendo, de tanto ficarem em ponta sob a pequena janela. Ele olhou em torno, procurando alguma porta que levasse ao interior do aposento, mas nada viu. Tentou elevar o corpo novamente, fazendo força com os dedos para facilitar.

– Quanto tempo faz? – perguntou Menino. – Quando eles puseram você aqui embaixo?

O homem ficou piscando diante dele.

– Não sei do que você está falando.

Menino se sentiu enregelado de pavor. Aquele homem não conseguia lembrar o próprio nome. Como alguém podia ter a sorte de possuir um nome, e depois esquecer qual era? Só se passasse muito tempo sem ser chamado pelo nome. E quando Menino perguntara sobre o tempo, o homem também embatucara. Há quanto tempo ele vinha mofando naquela masmorra?

Mas algo não fazia sentido. Se o homem era um prisioneiro, por que estava vivendo naquele luxo? Por que tinha trajes e móveis finos? Se aquilo era uma prisão, parecia uma estranha gaiola dourada.

– Por que você está aqui embaixo? – perguntou Menino.

– Há tempo demais – disse o homem de modo oblíquo.

E então ele fez uma pergunta a Menino.

– Como você disse que se chamava?

– Eu me chamo Menino, e preciso sair daqui.

– Há muito tempo não vejo alguém aqui – disse o homem, aparentemente ignorando Menino. – Eles já não mantêm prisioneiros. Usam as pessoas para outras coisas...

– O que você quer dizer com isso? – perguntou Menino.

– Há muito tempo eles não encarceram alguém aqui. Geralmente não se dão o trabalho de esperar. Levam as pessoas logo. Mas provavelmente vão levar você lá para baixo em breve.

– Do que você está falando?

– Você não sabe? – perguntou o homem. – Não sabe?

Ele fez uma pausa. No silêncio, Menino ouviu sua própria respiração ofegante.

– Você não sabe? – repetiu o homem. – Então temo por você. Mas talvez seja até melhor você ignorar o que vai acontecer.

– O que é? – perguntou ansiosamente Menino, encostando o rosto na cruz de ferro da pequena janela. – Por favor, me diga o que é! Um animal?

– Não! – disse o homem. – Não é um animal. É uma coisa. Uma coisa viva, mas que eles chamam de Fantasma.

Menino, então, percebeu que aquilo habitava os seus pesadelos, e espreitava ao pé da escadaria da escuridão. O Fantasma.

– O carcereiro vai voltar para buscar a tigela – disse o homem displicentemente. – É melhor não encontrar você aqui!

Confuso, Menino ficou calado.

O homem meneou a cabeça em direção à mesa onde estava a tigela vazia.

– Saia da janela! – sussurrou ele.

Ao ouvir isso, Menino viu uma porta se abrir na outra parede do aposento, e se escondeu depressa.

Se o carcereiro viera buscar a tigela vazia, pensou, iria pegar a dele em seguida.

Menino foi correndo agachado, o mais silenciosamente possível, de volta à sua própria cela, resolvido a visitar o homem novamente assim que pudesse.

Ele estava sozinho outra vez. Por sua mente giravam muitos pensamentos... sobre os dias que ele passara com Valerian, os dias sombrios antes do fim, a ida até a Trombeta onde um homem fora morto, e o cadáver de Korp encontrado por Willow na saleta secreta do Teatro. Uma vítima do Fantasma.

O Fantasma que vinha aterrorizando a Cidade havia anos.

O Fantasma em cujos domínios Menino agora estava preso.

11

Muito acima da catacumba escura em que Menino jazia, a neve ainda caía sobre a Cidade. Aqui e ali, os flocos cintilavam à trêmula luz dos archotes que jorrava das muralhas do Palácio.

Lá embaixo nas masmorras, Menino aguardava. Assim que o carcereiro foi embora, ele se esgueirou novamente na direção daquela janela brilhante.

O velho não se mexera. Continuava na poltrona, olhando para o fogo.

Menino ficou constrangido, como se estivesse ali espionando, mas sua presença já fora notada.

– Você novamente? Ainda está aqui? Achei que ele fosse levar você embora.

Menino tentou ignorar a implicação contida naquelas palavras.

– Como você sabe aquilo que falou sobre o Fantasma? – perguntou ele. – Como sabe que é a mesma coisa que vem matando na Cidade?

O homem ergueu o olhar.

– Andei pensando – disse ele. – Andei pensando, e me lembrei de uma coisa.

– O quê? – perguntou Menino pacientemente.

– Lembrei o meu nome.

– Que bom – disse Menino. – Qual é seu nome?

– Bedrich – disse o homem. – Pelo menos, eu acho...

Menino suspirou.

– Em todo caso, talvez eu possa chamar você assim.

O homem ficou algum tempo pensando sobre isso.
– É uma boa ideia – concordou ele. – Ou talvez fosse Gustav...
Com um sorriso, Menino atalhou:
– Bedrich me parece ótimo. Vou chamar você assim.
Bedrich assentiu, quase sorrindo.
– Então me fale do Fantasma.
O meio sorriso desapareceu do rosto de Bedrich imediatamente.
– Por que você quer saber? – perguntou ele.
– Não sei... – respondeu menino.
E percebeu que era verdade. Na realidade, ele ainda não refletira sobre o assunto.
– Esse Fantasma matou alguém que eu conhecia. Alguém para quem eu trabalhava, de certa forma. O diretor do teatro onde eu trabalhava com...
Menino parou de falar novamente. O que adiantava contar todas as suas histórias para aquele pobre velho?
– Mas diga... como você sabe do Fantasma?
– Eu cuido do Fantasma.
Menino ficou tão chocado que emudeceu.
– Eu sou o médico. Sou o médico do Palácio, entende?
– Não pode ser – disse Menino. – Quer dizer...
– Não – disse Bedrich, erguendo a mão. Depois levantou da cadeira e foi até a janela. Examinou o rosto de Menino detalhadamente, como se pudesse descobrir algo ali.
– Eu sou o médico de Frederick. Ou melhor... era, antigamente. Agora só tenho um paciente. O Fantasma. Eles me mantêm aqui embaixo só para isso. Eu dou sedativos para o Fantasma. Tento impedir os seus piores excessos. E isso vem ficando cada vez mais difícil. Eu me esforço ao máximo, mas nem sempre tenho êxito. E quando não tenho êxito, ele precisa de sangue. É por isso que eu temo por você. Mas não entendo por que você ainda não está morto.
– Mas o que é o Fantasma? – perguntou Menino.

Bedrich recuou e se afastou da janela. Lançou um olhar furtivo em torno, melodramaticamente, embora naquela prisão subterrânea só houvesse Menino para ouvir.

– Não posso contar a você.

– Você quer dizer que não quer contar... ou que não vai? – insistiu Menino.

Mas Bedrich ficou calado. Virou e voltou para a cadeira junto ao fogo.

– Por favor, me conte mais alguma coisa – disse Menino.

– Estou cansado – disse Bedrich. – Quero ficar sozinho.

O velho fungou em tom baixo durante algum tempo, e depois adormeceu.

Menino foi obrigado a voltar para sua cela, onde se enroscou feito uma bola no chão duro e fechou os olhos.

Mas o sono não vinha. De certa forma, isso era até bom, pois ele pressentia que, se dormisse, não se livraria do pesadelo que estava vivendo.

12

Quando a refeição seguinte foi trazida, Menino percebeu que provavelmente um dia inteiro se passara, tão grandes eram os roncos do seu estômago. Junto da comida veio algo mais.

– Você agora tem companhia – disse o carcereiro, chacoalhando uma chave na cela vizinha.

Menino ficou espantado ao ver Bedrich ser colocado dentro da cela, e depois a porta ser fechada.

– Não vou ficar percorrendo essa distância toda para alimentar vocês – disse o carcereiro.

Menino olhou para Bedrich. Estava feliz por ter companhia, mas sentira algo estranho na explicação que o cego dera para juntar os dois.

Por alguma razão, o carcereiro ficou esperando enquanto ambos comiam. Quando terminaram, ele pegou as duas tigelas.

– Você vai ser libertado – disse ele com displicência.

Menino se levantou de um salto.

– Quando?! – exclamou ele. – Por favor, diga quando!

O carcereiro inclinou a cabeça para o lado.

– É ele, e não você – disse ele.

Menino ergueu as mãos e encostou levemente na grade da cela, virando para Bedrich com um sorriso forçado.

– Você ouviu? Isso é bom.

Bedrich ouvira.

Pelo seu rosto passou um sorriso, rapidamente seguido por uma testa franzida.

Ele olhou atentamente para o carcereiro, mas era impossível decifrar aquela expressão cega.

– Você está falando sério? – grunhiu Bedrich. – Isso não é um truque, nem...

– Quer discutir o assunto? – disse o carcereiro. – Tenho certeza que a gente pode convencer o pessoal a mudar de ideia, se você preferir ficar.

– Não! – exclamou Bedrich. – Não! Eu só estava...

Ele se calou.

Menino olhou para o carcereiro.

– Por que vão deixar que ele saia? Você pode perguntar a meu respeito? Por favor, pergunte quando eu vou ser libertado...

– Não – disse o carcereiro secamente. – Isso não é problema meu. É seu. Quanto a ele, não sei. Talvez todos os crimes dele tenham sido perdoados. Agora preciso ir.

E ele partiu.

Enquanto o carcereiro se afastava, Bedrich perguntou:

– Quando? Quando?

Não houve resposta. Mesmo assim, aquela era uma grande novidade.

– Menino, você ouviu isso?! – exclamou Bedrich. – Eles vão me soltar!

Menino olhou para Bedrich, pensando, esperando, e julgando. Na última conversa entre os dois, Bedrich se mostrara taciturno. Não quisera falar sobre o Fantasma, ou qualquer outra coisa. Mas agora Menino precisava dele. Precisava que Bedrich falasse. Precisava da ajuda dele.

Olhando para Bedrich, Menino finalmente se lembrou da canção que ele cantara antes. Era a "Canção de Linden." Menino, Willow e Valerian tinham ouvido a mesma canção naquela aldeia triste, cantada pelo cocheiro miserável, enquanto procuravam o livro na paisagem coberta de neve.

Como flocos de neve caindo, as palavras foram flutuando livremente pela cabeça de Menino, enquanto ele revivia o horror daquele cemitério congelado e do túmulo de Gad Beebe no interior da igreja, onde eles acreditavam que o livro estivesse. E onde realmente estivera outrora. Mas alguém chegara lá antes deles. Kepler.

Não era de surpreender que os pensamentos de Menino fossem atraídos pelo livro. Ele tinha certeza de que seu destino estava traçado ali. Sabia que a obra continha uma resposta para ele. Se conseguisse pegar o livro, ainda teria alguma chance.

De nada adiantava viver aquela vida sem nome. Ele já passara tempo suficiente como um ser desenraizado, sem lar nem linhagem. Chegara a aceitar os maus-tratos de Valerian como algo normal, mas mudara de ideia quando Willow lhe mostrara amor suficiente. Agora precisava encontrar respostas. Precisava saber quem eram seus pais. Talvez jamais viesse a saber quem era sua mãe, mas uma única olhadela no livro já lhe diria a verdade sobre Valerian.

Menino viu que Bedrich estava passando pelos mais diversos sentimentos, ao imaginar o que seria a liberdade depois de incontáveis anos.

– Preciso da sua ajuda – disse Menino, tentando julgar o estado de espírito de Bedrich. Ficou satisfeito ao ver que ele parecia calmo.

Bedrich assentiu.

– Quando você for solto, pode fazer uma coisa para mim?

Bedrich assentiu novamente.

– É claro – disse ele com gentileza. – Vou tentar.

– Obrigado – disse Menino. – Obrigado. Preciso que você encontre uma pessoa para mim, e leve um recado meu a ela. Pode fazer isso?

– Ah, sim – disse Bedrich. – O que você quiser!

Encorajado, Menino prosseguiu.

– Preciso que você encontre uma garota chamada Willow. Ela trabalha num orfanato chamado São Estêvão. É administrado por uma mulher chamada Martha.

– Martha... está bem – disse Bedrich.

– Quando você encontrar Willow, diga a ela onde eu estou. Diga a ela que roube o livro e venha para cá.

Bedrich encarou Menino, olhando fixamente para os olhos dele pela primeira vez desde que os dois haviam se conhecido.

– O que você disse? – perguntou ele.

Algo no jeito dele fez Menino se precaver instantaneamente, e ele pensou no que dissera.

– Eu falei... para você dizer a Willow...

– Não é isso – disse Bedrich. – O que você disse depois?

– Que há... um livro – disse Menino lentamente. Só ousara falar sobre isso com Bedrich por achar que o assunto nada significaria para ele. – É muito poderoso, e...

– E é perigoso – disse Bedrich, erguendo a mão para impedir Menino de falar. – Ah, sim, eu conheço esse livro. Mas achava que já haviam cuidado disso. Há muito, muito tempo.

13

— Maxim! – berrou Frederick. – Que droga, Maxim! Onde você está?

— Estou indo, Majestade, estou indo!

Frederick estava sentado na cama, recostado sobre dúzias de almofadas de veludo. Sua cama era uma coisa vasta, grande demais para um homem tão pequeno. De gorro e camisolão brancos, ele parecia um marinheiro perdido num mar de lençóis de seda.

— Porcaria de cama! – praguejou ele. – Por que eu não posso ter algo mais confortável?

Apressadamente, Maxim percorreu o curto trajeto entre seus cômodos e os aposentos de Frederick, que formavam a parte mais suntuosa do Palácio.

Foi andando pelo corredor, ignorando a espetacular vista do resto do Palácio e da Cidade mais além.

— Maxiiiiimmmm! – ganiu o Imperador lá do quarto.

Maxim passou correndo pela porta, e quase escorregou no assoalho ridiculamente polido.

— Majestade? – disse ele.

— Maxim, por que você sempre demora tanto? Qualquer um pensaria que você está tentando me matar. Você não compreende que eu tenho necessidades?

— Peço desculpas, Majestade – disse Maxim, tentando disfarçar o tom de irritação na sua voz. – Eu estava cuidando de outros assuntos.

— Não faça mais isso – rebateu Frederick. – Você cuida de mim, e só de mim.

– Claro, Majestade. Mas os assuntos que mencionei estão relacionados a...

– Não estou interessado nisso, Maxim. Entendeu? Agora escute. Quero ver algum avanço. Você está fazendo corpo mole.

– Majestade? – disse Maxim, deixando transparecer certa dúvida na voz.

– Não me questione, merda! Quero ver resultados! Traga os videntes da Corte aqui. Quero saber o que eles acham do que você está fazendo. Ou do que você não está fazendo...

Frederick olhou diretamente para seu auxiliar.

Maxim baixou o olhar raivoso para o chão, pensando naqueles idiotas inúteis que o Imperador insistia em manter na Corte. Embora enfurecido, ficou calado.

– Você anda fazendo corpo mole, e eu quero resultados. Logo. Estou envelhecendo dia após dia, e não me sinto bem. Para começar, até esta cama me machuca. Você não tem noção do que é isso. Noção alguma.

– Vou providenciar...

– Escute aqui. Você sabe o que eu pedi para você fazer. Então, faça. Caso contrário, vou achar outra pessoa para fazer. Enquanto isso, traga os videntes aqui. Vamos ver o que eles têm a dizer. Você anda fazendo corpo mole. Se tivesse mantido aquele menino, talvez já houvesse chegado a algum lugar.

– O... menino, Majestade? O menino da casa do mágico?

– Claro que é o menino da casa do mágico. De quem mais eu poderia estar falando? Se você não tivesse mandado matar o menino...

Maxim amaldiçoou os caprichos do Imperador, mas se conteve para não dizer o que realmente achava. Só não queria perder aquela oportunidade.

– Ah... mas Vossa Majestade tem total razão. Felizmente, não foi... possível despachar o menino conforme Vossa Majestade desejava. Ele ainda está nas nossas masmorras...

Frederick ergueu o olhar bruscamente.

– Como *eu* desejava, Maxim? Como *eu* desejava? Eu não tomei essa decisão. Mandei que você trancafiasse o menino até estarmos prontos para falar com ele, e você sabe que eu nunca mudo de ideia! Sabe que morreria se me desobedecesse, não sabe? Não tenho razão?

– Não! Não, Majestade – disse Maxim apressadamente.

Como ele poderia ganhar uma discussão com aquele velho pestilento?

– É claro que eu faço tudo que Vossa Majestade me exige, mas talvez eu tenha me... equivocado quanto às instruções. Felizmente, tudo está conforme os desejos de Vossa Majestade. Ele está realmente encarcerado nas nossas masmorras. Se deseja ver o menino...

– Não, não desejo – disse Frederick. – Pelo menos, ainda não. Mande lavar o menino, e depois faça com que ele seja trazido à Corte. Vamos ver o que sabe. Caso isso se revele inútil, você poderá afogar o menino.

Maxim desviou o rosto do olhar de Frederick mais uma vez, lançando pragas silenciosas em direção ao chão.

– Muito bem, Majestade – disse ele. – Imediatamente.

E saiu, fechando a porta com uma força até excessiva.

14

Mais uma vez Willow percorria apressadamente as ruas da Cidade, que escurecia. Ia em direção ao sul, sobre a ponte, com um companheiro ao lado.

Kepler.

Os dois cruzaram uma rua larga conhecida como Rua da Parada, e Willow ajeitou o xale em torno do corpo ao sentir uma ventania fria que criava turbilhões de flocos de neve.

Cerca de uma hora mais tarde, eles entraram numa viela fedida chamada Viela do Balde. O nome vinha de uma taverna de vagabundos situada ali. Na outra ponta da viela, passava o rio.

Eles cruzaram a Ponte de Santo Olavo, uma construção de largura e nobreza fantásticas, formada por três arcos imponentes. Nas duas colunas de pedra fincadas no leito do rio, a pista se alargava e formava praças, permitindo que os transeuntes fatigados ou pensativos parassem e observassem o fluxo da água e do tempo sob o vão da ponte. Nos dois lugares havia uma pequena jaula, grande o suficiente para acomodar o corpo de um homem. Willow estremeceu ao passar por ali, mas felizmente as jaulas não eram usadas havia muitos anos.

Na margem oposta, a rua logo mergulhava no labirinto caótico da Cidade, apagando a sensação de ordem arquitetônica proporcionada pela ponte.

Após dobrarem uma ou duas esquinas, porém, eles avistaram a colina do Palácio, assomando sobre uma curva do rio.

Depois de ter esbarrado em Kepler junto ao Portão do Norte na véspera, Willow voltara para a casa dele. Embora discutissem o tempo todo, os dois sabiam que precisavam um do outro. Haviam atravessado a Cidade o mais depressa possível, pois a noite e a neve estavam se aprofundando. Mesmo sem a companhia de Kepler, porém, Willow teria acertado o caminho.

Ao chegar a casa, Kepler oferecera a ela um pouco de pão e queijo. Willow ficara verdadeiramente grata. Kepler era um homem inteligente, dono de um grande intelecto. Mas parecera desajeitado e hesitante ao preparar a comida para Willow, como se jamais fizesse aquilo. A refeição estava longe de ser um banquete, mas bastara para repor as forças dela.

Assim que amanhecera, Kepler enfiara algumas coisas num grande embornal, e eles haviam partido outra vez para o Palácio.

Durante a manhã cessara toda a discussão entre os dois, pois eles haviam falado muito pouco.

– Precisamos ir depressa – dissera Kepler, enfiando as coisas no embornal. – Ele corre perigo lá.

– Eu sei – retrucara Willow.

– Sabe mesmo? Você nem conhece o Palácio ou as pessoas lá dentro! E há alguém a ser temido acima de todos...

– Quem?

– Um homem chamado Maxim. Ele é o braço direito do Imperador. E tem uma reputação...

– Qual? – perguntara Willow.

– Você ficaria assustada se soubesse, menina – dissera Kepler.

Willow parou e esperou que Kepler notasse sua falta. Após alguns passos, ele viu que ela já não estava mais ao seu lado, e virou-se para trás.

– Você acha que isso pode me assustar? – gritara Willow. – Depois de tudo que eu sofri?

Kepler abanara a cabeça.

– Talvez não – dissera ele. – Mas há pouca coisa para contar. Maxim é um homem perigoso, com grande influência sobre o Imperador e a vida na Corte. Precisamos ter muito cuidado com ele.

– Por quê? – perguntara Willow.

– Escute, menina – rebatera Kepler. – Você faz perguntas demais. Já aceitei que tentasse me ajudar a achar Menino, mas por enquanto é só. Agora fique calada!

Kepler silenciara depois disso. Virara e fora em frente. Sem alternativa, Willow seguira atrás.

Os dois foram andando, cada um absorto em seus próprios pensamentos, que eram mais semelhantes do que eles podiam imaginar. Ambos pensavam em Menino enquanto caminhavam. De vez em quando, no entanto, Willow olhava para o embornal de Kepler. Os dois haviam combinado um plano na noite da véspera, mas Willow não sabia exatamente o que Kepler enfiara ali dentro.

15

Menino mal conseguia acreditar no que Bedrich estava dizendo.
– Sim, eu conheço esse livro – disse ele. – Mas achava que já haviam cuidado disso há muito tempo.
– Como?! – exclamou Menino. – Como você pode saber disso?
– Eu sei! – disse Bedrich com firmeza. – Conheço esse livro. Até já examinei suas páginas uma vez...
Ele parou, e respirou fundo.
– Não me fez bem. E fez muito mal a vários outros.
Isso era verdade. Menino pensou em Valerian. O mágico acabara não sendo salvo pelo livro. Mas, se fosse, teria sido às custas da vida de Menino.
– Mas, como? – perguntou ele. – Quando?
Bedrich ficou olhando para Menino por um bom tempo.
– O que um pobre coitado como você sabe sobre isso? – perguntou ele. – Um moleque de rua feito você...
Menino abanou a cabeça.
– Eu não moro mais na rua. Moro... morava com um homem. Um grande homem chamado Valerian.
– O mágico? – perguntou Bedrich, erguendo uma das sobrancelhas.
– Você conhecia Valerian? – perguntou Menino.
– Não. Só a reputação dele. Há quinze ou vinte anos. Ele era um erudito na Academia, mas caiu em desgraça.
Menino ignorou isso.
– Valerian queria o livro – disse ele. – Nós fomos procurar o troço em lugares horrorosos.

– O livro é muito poderoso. Isso eu sei. Mas por que ele queria isso, exatamente?

– Ele estava com problemas. Ele...

Menino se calou. Parecia impossível explicar tudo que acontecera nas últimas semanas.

Mas Bedrich não ficou calado.

– Você só fala de Valerian no passado. Ele morreu?

Menino assentiu.

– Então ele não conseguiu pegar o livro para se salvar?

Menino abanou a cabeça.

– Ele conseguiu, sim. Conseguiu, mas...

– Mas... o que aconteceu?

– Para se salvar... para se salvar, ele precisaria me matar...

– E ele se recusou? Que gesto nobre!

Menino deu de ombros. A coisa não fora bem assim, mas no final Valerian *morrera* no lugar dele.

Bedrich percebeu a hesitação dele.

– Ele deveria ser um grande homem, para morrer no seu lugar. Por que outro motivo faria isso?

– Ele era meu pai – disse Menino.

As palavras pareciam estranhas nos seus lábios. Ele sabia que talvez estivesse mentindo. Na realidade, não sabia a verdade. Mas era mais fácil dizer aquilo do que explicar tudo a Bedrich.

– Você é um menino muito estranho – declarou Bedrich.

Menino ficou calado.

– Então você conhece o livro, seu poder, e seu perigo – continuou Bedrich.

– Desde o começo Willow disse que o livro era perigoso, mas eu não entendo por quê. Ali há muita coisa para descobrir, e é bom descobrir coisas. Valerian sempre dizia isso, e ele nunca se enganava.

– Mas esse livro é diferente. Talvez fosse bom se revelasse toda a verdade sobre um assunto, mas não faz isso. É um livro traiçoeiro e malévolo. Revela apenas parte da verdade. Mostra algo diferente a cada pessoa. Às vezes não mostra coisa alguma. Mas, quando mostra, a pessoa precisa tomar muito cuidado. Precisa entender que o livro está contando apenas parte da história.

– Mas Willow examinou o livro. Olhou por cima do ombro de Valerian, e viu que ele estava prestes a tentar...

Menino se calou. Não queria contar a Bedrich que quase fora morto por Valerian.

– O que foi? – perguntou Bedrich. – Você já começou a entender a natureza dúbia e os perigos daquilo que o livro revela?

Menino consentiu, feliz por mudar de assunto.

– Como você aprendeu aquela canção que estava cantando? E como descobriu que o livro existia? Eu achava que isso era segredo.

– Era. Deveria ter sido – disse Bedrich. – Mas as coisas mudam, obviamente. O livro já esteve aqui no Palácio, e foi assim que descobri a sua existência.

– Aqui?! – exclamou Menino. – Aqui?!

– Psiu! – sibilou Bedrich. – Não fale tão alto. Sim, o livro já esteve aqui. Mas foi há tanto tempo que é difícil lembrar de tudo.

– Tente – implorou Menino. – Por favor, tente.

Bedrich pôs a cabeça entre as mãos por um instante, e depois ergueu o olhar para Menino, piscando.

– O livro chegou aqui como um agrado para o Imperador. Você não deve ter visto o Imperador...

Menino abanou a cabeça.

– Vi, sim. Rapidamente – disse ele. – Fiquei espantado. Achei que quem governava era Maxim. Frederick não parece ser capaz de governar coisa alguma.

Bedrich abanou a cabeça.

– Você acha isso? Pois está enganado. Ele é um homem duro e poderoso, apesar da idade e das fraquezas.

– Algumas pessoas nem acreditam que ele ainda esteja vivo. Há anos ninguém na Cidade vê o Imperador.

– Nem poderiam. Ele nunca sai do Palácio. Antigamente eu dizia que ele deveria sair, pegar ar fresco e fazer exercício. Isso evitaria que ele ficasse ruminando sobre a própria saúde o tempo todo. Frederick era obcecado pela sua saúde. Seu coração, seus nervos, seu estômago. Era difícil ser médico dele, principalmente quando ele preferia dar ouvidos aos alquimistas, necromantes, e...

Menino sentiu que Bedrich estava devaneando novamente.

– O livro – disse ele. – E o livro?

– Ah, o livro. De certa forma, tudo faz parte da mesma história. Frederick já era velho nessa época. Atualmente deve estar quase uma relíquia. Mas, desde então, ele só pensava numa coisa... a Linhagem Imperial.

– O quê? – perguntou Menino.

– A Linhagem. Ele era o último da Linhagem Imperial. Quando morresse, não teria sucessores. Desejando desesperadamente ter filhos, mas sem herdeiros para o trono, ele começou a ficar com medo de morrer e deixar o Império sem Imperador! Que absurdo! Essa cidade pestilenta é a única coisa que sobrou do Império. Mesmo assim, todos aqueles Duques e Lordes lá em cima só estão esperando que ele morra para começar a brigar. Entendeu?

– Entendi – respondeu Menino. – Mas e o livro?

– Estou chegando lá – disse Bedrich. – É tudo parte da mesma coisa. Como eu disse, ele estava obcecado por um herdeiro. E todos na Corte viviam tentando acalmar Frederick. Queriam agradar ao Imperador, na esperança de receber em troca algum favor... dinheiro, um título, coisas assim. Certo dia, um músico do interior chegou à Corte. Era um homem bonito, e razoavelmente educado. Veio com uma canção e um presente. Primeiro ele cantou a canção, e o Imperador teve a gentileza de parecer gostar. Devia estar num dos seus raros dias de bom humor.

Bedrich fechara os olhos, como que visualizando os acontecimentos outra vez.

– A canção era muito bonita. Bonita, mas triste. O homem vinha de uma família musical. Muitos membros da família tinham dons musicais. Embora fossem nobres, não eram ricos. Mas havia algo mais. O presente. Não sei onde o músico encontrara aquilo. Ele trouxera algo terrível, mas que, na época, foi considerado uma verdadeira maravilha. O livro. Era o seu presente para o Imperador. Ele foi recompensado imediatamente com seu próprio peso em ouro. E a coisa não parou aí. À medida que o livro ia prevendo coisas que aconteciam, o homem e sua família eram recompensados com terras, títulos, dinheiro, e muito mais. Além disso, o Imperador tomou como amante uma jovem parente do homem, Sophia. Isso foi considerado uma grande honra para a família. Ela era muito bonita, e também inteligente. Fora ela que compusera a canção triste.

– E no dia... no dia que...

Bedrich se calou. Parecia ter se perdido na história.

– Continue – disse Menino com suavidade.

– Faz tanto tempo – disse Bedrich.

Mas Menino percebeu que não fora por isso que ele se calara.

– Um dia o livro previu que o Imperador realmente geraria filhos! Nesse dia, o homem e sua família foram cumulados de coisas ricas e douradas. Receberam permissão para construir uma igreja na sua aldeia. Os membros da família passeavam pela Corte como se fizessem parte da própria realeza.

Chocado, Menino percebeu que estava escutando algo que já conhecia parcialmente.

– Conte para mim... qual era o nome dessa família? – disse ele.

Quando Bedrich abriu a boca, Menino já tinha a resposta na ponta da língua.

– Beebe.

Menino sentiu seu coração disparar levemente no peito, e ficou tonto.

– Beebe – repetiu Bedrich. – Por algum tempo, eles formaram uma grande e bela família. Tão bela...

Subitamente ouviram-se passadas ao longo do corredor fora da masmorra.

– Eles estão vindo buscar você! – sussurrou Menino. – Vão soltar você. Por favor, não esqueça de Willow! E o livro?

– Não quero saber daquele livro. Eu me recuso.

– Mas é a minha única chance...

– Se é a sua única chance, então você não tem chance – disse Bedrich. – Mas vou procurar Willow, a tal menina.

A porta foi chacoalhada, rangeu, e começou a se abrir.

– Está bem – disse Menino. – Mas conte logo o que aconteceu com a família Beebe. O que aconteceu com a previsão do livro?

O carcereiro vinha se aproximando, e dessa vez não estava sozinho. Trazia dois capangas.

– Conte o que aconteceu – sussurrou Menino.

Bedrich abanou a cabeça.

– Não era para ser – disse ele. – A previsão estava... equivocada. A família Beebe caiu em desgraça. Seus membros foram acusados pelo Imperador do que acontecera. Frederick tirou quase tudo deles. O livro arruinou aquela família. E arruinará você, também, se você deixar...

O carcereiro chegou às celas.

– Estão ficando amigos, é? – disse ele com ar vago. – Que pena. Hora de ir embora.

Bedrich se levantou. Menino percebeu a tensão e a ansiedade dele. Depois de tanto tempo, estar prestes a ser libertado era uma sensação quase insuportável.

Mas o carcereiro foi até a cela de Menino e enfiou a chave na fechadura.

– Você vai acompanhar esses homens aqui – disse ele. – Se criar encrenca, voltará para cá antes de respirar.

Menino não se mexeu.

– Mas, e eu? – disse Bedrich.

Os dois homens entraram na cela, e começaram a escoltar Menino para fora da masmorra.

– Maxim vem cuidar de você – disse o carcereiro para Bedrich.
– Ele vai me soltar?! – exclamou Bedrich em tom de desespero.
– Ele está vindo me soltar?!

Enquanto era levado embora, Menino olhou para Bedrich e parou por um instante, dizendo: – Bedrich...

Mas nada havia a dizer, e ele foi bruscamente arrastado para a frente outra vez, em direção à saída.

A porta se fechou atrás de Menino, e ele ouviu Bedrich gritar para o carcereiro.

– Ele vai me soltar! Não vai?

Os ecos da voz de Bedrich foram interrompidos pelo clangor da porta no umbral de ferro.

– Muito bem – disse um dos homens para Menino. – Vamos levar você lá para cima. Um só movimento idiota, e eu quebro o seu pescoço.

Dentro da cela, Bedrich sentou no frio piso de pedra. Ele perdera sua gaiola dourada, assim como a promessa de liberdade. Sentia tanta tristeza que nem notou um pequeno orifício oculto se fechando no teto acima da sua cabeça.

O PALÁCIO
O lugar de artifícios traiçoeiros

1

Menino foi outra vez levado apressadamente pelos corredores sinuosos e escuros das masmorras. Certos lugares eram tão apertados que até ele, apesar de magricela, era obrigado a se curvar. Um dos homens caminhava na frente, e o outro atrás, cutucando as costas de Menino quando ele dava qualquer sinal de se atrasar.

Mas Menino não desejava se atrasar. Depois de mais uma curva, os três chegaram a um trecho do corredor que ele já conhecia. Tal como no sonho, ele estava se aproximando da entrada daquela escadaria íngreme e pestilenta que descia para o nada. O fedor subia de lá feito um monstro, atacando os sentidos de Menino. Ele hesitou, e sentiu outro empurrão nas costas. Cobrindo o nariz e a boca com a mão, foi forçando as pernas a avançar, uma após a outra, até chegar mais perto da abertura no corredor. Só ficou aliviado quando viu, ao contrário do que ocorrera no sonho, o portão de ferro trancado.

Os guardas também pareciam estar com pressa.

Menino disse: – É aí que...

Levou outro empurrão, mas dessa vez parou, virou, e enfrentou o homem ali atrás.

– É aí que ele mora? – perguntou.

O sujeito parecia espantado.

– É aí que ele mora? – perguntou Menino outra vez.

– Você não deveria saber coisa alguma sobre isso – disse o guarda.

Menino não conseguia entender o tom de voz dele. Seria um tom de medo? Ou de surpresa? Certamente não era de raiva. Ele esperava receber um cascudo como resposta à pergunta, mas o homem não batera nele.

O outro guarda percebeu que Menino parara, e correu de volta para ver o que estava acontecendo. Agarrou o pescoço de Menino e saiu andando novamente. Depois virou para o amigo.

– Com tantos outros lugares, você para logo aqui? – disse ele.

Logo os três saíram das entranhas úmidas e escavadas na rocha do Palácio, adentrando o mundo da realeza propriamente dito.

Menino ficou chocado ao descobrir que já era noite. Passara dias confinado na escuridão, ansiando pela claridade. Automaticamente, presumira que o sol estaria brilhando quando ele se livrasse daquele mundo crepuscular. Mas era alta madrugada.

O Palácio parecia estar dormindo, pois havia muito pouco barulho em torno. Eles não viram pessoa alguma ao cruzarem corredores luxuosamente revestidos, que levavam a aposentos cada vez mais maravilhosos.

Menino tinha os olhos arregalados de espanto.

Em toda a sua vida, ele jamais vira tanta riqueza, tantas demonstrações de luxo inacreditável em cada canto. Retratos a óleo pendiam em molduras douradas. Os rostos que espiavam dos retratos eram de vultos altivos, envoltos em peles e carregados de joias.

O chão que eles pisavam era feito de mármore, e também de mármore eram as colunas que iam do chão ao alto teto abobadado. As paredes eram revestidas por painéis de madeira e pintadas de verde muito pálido, com detalhes realçados em ouro.

Menino ficou boquiaberto ao ver a sanca de madeira trabalhada que corria por todo o aposento acima dos painéis. Era uma série de florestas inteiras, esculpidas em alto-relevo. Havia árvores e moitas, com animais espiando por trás. Aqui um pássaro bicava um cacho de uvas, ali um cisne deslizava por um lago.

E essa era apenas uma das galerias que eles haviam atravessado.

Menino até tropeçou, sem conseguir absorver tudo que via ali. Mas logo avançou novamente, movido por mais um cutucão nas costas.

– Vamos, menino. Quero ir dormir.
– Para onde nós estamos indo? – perguntou Menino, sem obter resposta.
Logo eles chegaram a um corredor mais espaçoso. Na outra ponta, havia uma imponente escadaria de pedra em curva, que ia subindo até sumir de vista lá no alto.
– Aqui para cima – disse um dos homens.
Menino começou a avançar, mas foi detido.
– Por aí, não! – disse o guarda com rispidez, apontando. – Por aqui.
Seu companheiro já puxara uma seção aparentemente contínua dos painéis de revestimento, revelando o esconderijo de uma pequena escada em espiral que levava para cima.
– Ande!
Menino obedeceu, e correu para a escada estreita antes que eles pudessem bater nele outra vez. Apesar disso, sentiu-se empurrado pela mão de um dos guardas que subiam atrás dele. Apertou o passo, já ficando tonto enquanto a escada em espiral se elevava cada vez mais pelo interior do Palácio. A cada volta escurecia mais ali dentro. Menino já precisava adivinhar onde deveria botar o pé no passo seguinte, quando subitamente entrou, cambaleando, num aposento de brilho fulgurante.
Piscando, ele ouviu uma porta se fechar atrás das suas costas, e uma chave girar na fechadura. Quando olhou ao redor, não havia sinal da escadaria de onde ele surgira. Tampouco havia qualquer vestígio dos guardas.
Ele estava sozinho.

2

Dessa vez Menino estava num aposento menor, mas tão opulento quanto o resto do Palácio. Por todos os lados do aposento havia portas, a maioria delas fechada, mas num dos lados via-se um conjunto de portas duplas tentadoramente aberto.

Menino entrou no aposento ao lado. Ali encontrou uma enorme cama coberta por um dossel, com colchões tão grossos que batiam na altura do seu peito. Festões de veludo azul-escuro e amarelo pendiam do dossel. A cama parecia incrivelmente convidativa, e Menino ficou imaginando quem teria a sorte de dormir num lugar tão maravilhoso.

Avançando um pouco mais, ele subitamente ouviu o barulho de água jorrando. Virou para o lado, e percebeu uma pequena porta entreaberta no quarto. Cuidadosamente, empurrou a portinhola com a ponta dos dedos.

A porta se abriu com facilidade diante dele.

– Olá? – arriscou ele, em voz baixa.

Depois deu um passo à frente.

Uma mulher se virou para ele.

Menino ficou chocado ao ver que, tal como o carcereiro, a mulher era cega e velha. Mas também percebeu que a cegueira dela se devia a algum acidente horrível, e não à idade. Revoltado, tentou imaginar se muitos criados de Frederick, testemunhas dos segredos do Imperador, eram cegados deliberadamente.

– Ah, você chegou mais cedo do que eles disseram – disse ela. – Seu banho ainda não está pronto.

Ela continuou trabalhando, e Menino avançou um pouco mais. O aposento era do mesmo tamanho que o quarto. Mas, em vez de uma cama, no centro havia uma grande banheira de mármore, esculpida em forma de golfinho no mar. A banheira propriamente dita fora escavada no dorso do golfinho.

A mulher estava despejando baldes de água na banheira. Tinha dois, um com água fria e o outro cheio de água fumegante. Quando esvaziou os baldes, ela foi até a lateral do aposento, ergueu uma grade e colocou os dois numa prateleira lá dentro. Depois, puxou a corda de uma campainha ao lado da grade, e imediatamente a prateleira foi descendo até sumir de vista. Cerca de um minuto mais tarde, a prateleira reapareceu, subindo lentamente até a posição inicial. A mulher tirou os baldes habilmente, e Menino viu que estavam novamente cheios, um com água fria, o outro com água quente.

Ele jamais vira tanta sofisticação. Tomava banho muito raramente. Quando morava na rua, só se lavava no verão para se refrescar, passando correndo pelos chafarizes mais limpos da Cidade. Na Casa Amarela, fora obrigado por Valerian a se lavar toda semana, "precisando ou não". Mas lá isso significava apenas um pouco de água fria numa bacia. Nada poderia ser mais diferente do que o elaborado ritual à sua frente ali.

– Você deve ter se enganado – gaguejou Menino. – Não pode estar falando de mim.

– Esse é o seu banho, e estes são os seus aposentos – disse a mulher. – Mais dois baldes devem bastar para você.

– Não entendo – disse Menino. – Eu vim da masmorra. Eles me trancaram na masmorra. Isto aqui não pode ser para mim.

– O Imperador quer ver você. Ninguém fedorento assim pode ser recebido por um Imperador.

Ela não sorriu, nem demonstrou qualquer emoção. Simplesmente despejou o que restava nos baldes dentro da vasta banheira.

– O Imperador? – perguntou Menino. – Para que ele quer me ver?

A mulher não respondeu.

– Em todo caso, eu não quero ver o Imperador. Não é por grosseria, mas se você me der licença...

Menino se virou para ir embora, sem que a mulher tentasse impedir. Ele saiu do banheiro e voltou ao quarto. Escolhendo uma porta qualquer, fugiu às pressas do aposento, mas esbarrou num guarda quase maior do que o umbral, caindo de costas no chão.

O guarda mal parecia ter notado o choque, mas virou e olhou ameaçadoramente para ele.

– Desculpe – disse Menino. – Errei de porta.

Depois levantou, e se fechou novamente na sua prisão magnífica. A velha criada estava esperando por ele.

– A situação é igual nas outras portas – disse ela. – Tome um banho. Vá para a cama. Pela manhã, você terá uma audiência com o Imperador.

– E comida? – perguntou Menino. – Posso comer alguma coisa? Só comi...

– A comida está a caminho. Mas, primeiro, o banho. Seu cheiro pode melhorar, com certeza. Tire essas roupas.

Menino desistiu. Começou a tirar a camisa, e a mulher saiu do quarto. Ele abanou a cabeça. A criada era mais bondosa do que o velho cego, mas também era uma carcereira.

Assim que ficou nu, Menino entrou na água, que estava muito quente. Ele precisou baixar o corpo lentamente dentro da banheira, parte por parte. Pensou que jamais sentira uma água tão quente. Quando enfiou as pernas todas, viu que sua pele já estava rosada por causa do calor. Acabou por mergulhar o corpo todo, e se recostou. Ficou vendo o vapor se elevar em volta, e sentiu as pálpebras pesarem.

Poucos segundos depois, adormeceu.

Quando acordou, sentia-se mal. Não fazia ideia de quanto tempo dormira, mas não devia ter sido muito, pois a água ainda estava quente.

– Sua comida está aqui – disse uma voz.

Ele ergueu o corpo, assustado, e viu a velha criada sentada numa cadeira do outro lado do quarto.
— É melhor você comer e ir para a cama — disse ela. — O que é isto aqui?
Menino viu que ela estava brincando com algo nas mãos. Era o pedaço de metal que ele usava para arrombar fechaduras... o velho tendão metálico.
— Achei isto nas suas roupas — disse ela, desnecessariamente. — Já ia jogar fora, mas achei que talvez fosse alguma coisa valiosa ou importante. É importante?
Menino tentou pensar numa resposta.
— É, sim — disse ele. — Quer dizer, não. Só é importante para mim. É um... talismã da sorte. Tenho isso há anos.
A mulher refletiu sobre isso, e franziu a testa.
— Eu não deveria... mas acho que não faz mal — disse ela. — Pode ficar com seu talismã.
Dizendo isso, ela saiu do aposento. Um instante depois voltou, carregando uma toalha grande e um camisolão.
Menino agarrou a toalha e cobriu o corpo.
Os dois passaram para o quarto, onde já havia uma mesa repleta de petiscos deliciosos. Mais uma vez Menino ficou atônito, pois jamais vira coisa assim em toda a sua vida.
— Não coma depressa demais — disse a mulher, mas Menino ignorou o conselho. Sentou e começou a devorar tudo que podia, sem sequer perguntar o que certas coisas eram.
A criada sentou silenciosamente numa cadeira, com um meio sorriso no rosto o tempo todo, escutando Menino comer.
— Nossa! — disse ela, quando ele começou a reduzir o ritmo. — Você estava faminto, não estava?
Por um instante, Menino teve vontade de berrar com ela. A idiota não sabia que ele passara dias comendo só a gosma da masmorra? É claro que estava faminto.
Em vez disso, porém, perguntou:
— Você vai ficar por perto enquanto eu faço tudo?

– Desculpe – disse ela. – Faz muito tempo que nós não temos alguém aqui em cima, nos Aposentos de Inverno.

Menino ficou imaginando quem a palavra "nós" representava.

– E os seus hóspedes? – perguntou ele. – São sempre prisioneiros como eu?

– Não diga isso. Nós tentamos fazer o possível para agradar aos hóspedes durante a estada aqui...

Ela se calou, e levantou para sair.

– Termine de comer e vá dormir – disse ela.

Menino olhou para a cama. Era tão alta que havia uma pequena escada para a pessoa subir.

Ele se enfiou embaixo dos lençóis, mas sentiu que algo não estava certo. Já tivera dificuldade para se adaptar à cama pequena, mas confortável, na casa de Kepler, depois do catre imundo que havia na casa de Valerian. E agora também não conseguia ficar à vontade naquela cama enorme.

Ele se pôs de pé sobre o colchão, e puxou os festões de veludo até formar uma espécie de cortina, ficando confinado por todos os lados. O espaço ali dentro tornou-se imediatamente mais escuro e menor. Já se sentindo mais em casa, Menino fechou os olhos. Enquanto adormecia, pensamentos sobre Valerian vagueavam por sua mente.

Apesar da hora tardia, nem todo mundo no Palácio estava dormindo. A velha criada foi caminhando fatigadamente até seu quarto modesto, um andar acima de onde Menino cochilava. Nas cozinhas da Ala do Norte, empregados ainda esfregavam e areavam caldeirões. Mais abaixo, nas entranhas do Palácio, um vulto alto vestido de vermelho voltava das masmorras. Mais uma vez houvera uma tarefa difícil a ser realizada lá embaixo, e havia outras por vir.

3

Menino foi puxado da cama por uma mão que agarrara a sua garganta, antes que ele acordasse, e caiu no chão. Ficou engasgado no tapete grosso e macio que cercava o imenso leito coberto pelo dossel.

– Chega de mentiras! – gritou Maxim para ele.

Menino não teve tempo sequer para pensar, que dirá responder, antes de ser agarrado novamente pelo grandalhão e lançado para o outro lado do aposento. Por sorte, tapetes macios cobriam quase todo o chão do quarto, e ele não se machucou.

Já a certa distância de Maxim, conseguiu pensar antes de levar outro golpe.

– Espere! – exclamou Menino. – Do que você está falando? Eu nem sei do que você está falando!

Maxim parou no meio do aposento.

– Então, vou refrescar a sua memória – disse ele, passando a mão na careca. – Lembra da nossa última conversa?

Menino franziu a testa.

– Você estava me perguntando...

– Sobre um livro – atalhou Maxim. – Sobre *o* livro. Lembrou?

Menino entrou em pânico. Não conseguia recordar exatamente o que dissera. E precisava mentir com coerência para se safar daquela situação, mesmo que fosse blefando.

– Ah, sim – disse ele. – Você estava perguntando sobre os livros de Valerian. Já encontrou o que precisava?

Assim que terminou de falar, percebeu que cometera um erro, pois Maxim se aproximou velozmente dele.

Mesmo se esquivando, Menino ainda tomou um bom cascudo de lado. Caiu no chão, e apalpou a cabeça procurando sangue, mas não achou.

Maxim pôs Menino de pé novamente, com um puxão, e aproximou o rosto dele.

– Escute aqui, Menino! – rosnou ele. – Eu sei que você está mentindo. Sei que tem o livro guardado em algum lugar. Portanto, pare com suas bobagens.

Menino começou a gaguejar: – Não... não, eu não...

– Tem, sim. Você sabe onde o livro está. Ou talvez agora a sua amiga Willow saiba, não?

Menino foi imediatamente traído pela expressão no seu rosto.

– Willow! – exclamou ele, percebendo que Maxim descobrira a verdade de alguma forma.

– Pois é, sua amiga Willow – disse Maxim tranquilamente. Jogou Menino no chão outra vez, foi buscar uma cadeira, voltou e sentou. – Vamos ter uma conversinha? Agora estamos nos entendendo. E você já percebeu que não adianta mais mentir.

– Willow nada tem a ver com tudo isso. Você não...

– Eu decido o que é importante aqui. Entenda bem! Aquelas conversas com seu amigo Bedrich foram bastante úteis, muito mais reveladoras do que você tem sido.

Menino começou a pensar rapidamente, enquanto procurava entender aquilo, mas era óbvio que Maxim conseguira escutar as conversas deles na cela. Ainda tentou se lembrar do que os dois haviam falado, mas sabia que a situação não era boa.

Tudo. Eles haviam falado sobre tudo.

– Foi ótimo vocês terem ficado tão amigos, depois que eu mandei colocar um do lado do outro. E quando você percebeu a chance de enviar uma mensagem para fora, fez a gentileza de aproveitar – disse Maxim, rindo.

Menino compreendeu que toda a sua prisão fora um truque, arquitetado para que ele falasse com Bedrich. Bem que ele estranhara quando o velho médico fora colocado ao seu lado. E teve uma sensação de pânico, vendo que também pusera Willow em perigo, ao conversar com Bedrich.

Ele se recriminou amargamente, e perguntou:

– O que você fez com Bedrich?

– Ele está bem, por enquanto.

Menino percebeu que precisavam do médico vivo, para que ele cuidasse do Fantasma. Também por esse motivo, a anunciada soltura de Bedrich parecera absurda. Mas naquela hora eles já tinham preocupações demais para pensar nisso.

– O que vai acontecer comigo? – perguntou ele, tristemente.

– Silêncio! – berrou Maxim. – Só me diga o seguinte... onde ficou o livro? Está com sua amiga Willow?

– Não! – exclamou Menino.

– Você está mentindo novamente! Vai morrer se insistir nisso. É tão idiota assim? A garota ficou com o livro! Onde ela está?

– Não, ela não ficou! – exclamou Menino. – É sério. Por favor, acredite em mim.

Maxim fez uma pausa, obviamente tentando avaliar quanta verdade haveria nas palavras de Menino.

– Por que eu deveria acreditar em você?

– É a verdade. Eu juro que é verdade – disse Menino depressa. – Não sei onde o livro está. Não sei onde Willow está...

– Ora, vamos – disse Maxim. – Você sabe que sua amiga Willow está no orfanato.

Menino sentiu o mesmo pânico de antes.

– É isso mesmo – disse Maxim. – Mandei os meus homens para lá agora. Portanto, talvez encontremos o livro mais cedo do que eu esperava.

– Não! – exclamou Menino. – Ela não está com o livro!

– Então, quem está? Se a menina não está, quem está? Responda, então!

– Eu não sei – disse Menino, sem coragem de mencionar Kepler, pois isso mostraria que ele sabia mais do que fingia saber.

– Talvez Willow colabore mais do que você vem colaborando – disse Maxim. – E pode acreditar... eu jamais recompenso gente que não colabora. Portanto, pense com cuidado no que você vai dizer de agora em diante. Daqui a dez minutos nós precisamos estar na Corte, onde você vai confirmar tudo que eu disser para o Imperador. Sobre o livro, sobre o mágico, e sobre sua amiga. Se você cometer o menor erro, será jogado de volta à masmorra, embora por pouco tempo. Talvez você já tenha visto uma escadaria escura, com degraus que descem para as profundezas do Inferno. É para lá que você será mandado, seu mentiroso, se cometer algum outro erro. E sua estada lá será breve, Menino. Pode acreditar nisso.

Maxim apontou para outra cadeira onde havia umas roupas novas e limpas.

– Vista isso – disse ele. – Voltarei para buscar você em cinco minutos. E lembre... na Corte, seu primeiro erro será o último.

4

Mais uma vez, Menino ficou simplesmente embasbacado diante do que viu ao seu redor.

Ele jamais vira algo como a Corte antes. Jamais imaginara que algo tão belo, majestoso e ornamentado pudesse existir. Como poderia imaginar? Ele passara a vida nas ruas. Só entrava em contato com o luxo quando surrupiava a bolsa de algum ricaço descuidado.

Não eram apenas os ambientes, mas também as pessoas, que trajavam roupas magníficas. Que exibiam penteados elaborados, ou perucas extravagantes, em alguns casos. E que ostentavam mais joias do que Menino já vira em toda a sua vida.

Ele sofrera nas suas roupas novas, enquanto era levado por Maxim até a Corte. Eram roupas duras, pesadas e formais, usadas pelos rapazes palacianos, e Menino não se sentira à vontade. Mas, quando entrou na Corte, ficou boquiaberto e esqueceu o assunto. Examinou tudo, desde o reluzente piso de pedra, coberto por grossos tapetes, até o teto abobadado lá no alto, retratando cenas celestiais em tons de azul e ouro. Ficou tão entretido examinando o lugar que não percebeu que todos estavam olhando para ele. Conversas abafadas corriam ao seu redor.

– Feche a boca, Menino – sibilou Maxim, enquanto Frederick chegava.

Frederick foi trazido até a Corte numa cadeira baixa, carregada por quatro homens, que pararam junto ao pedestal onde ficava o trono. Eles e os demais presentes se curvaram, enquanto o velho magro e baixo subia até o assento do poder feito um bebê subindo no colo do pai.

Os trabalhos tiveram início.

— Onde está o menino? — perguntou Frederick em tom arrastado.

Maxim agarrou Menino pelo cotovelo, apertando com força até doer, e avançou com ele. Menino sentiu os olhares de todos ali concentrados nele, enquanto se aproximava do trono. Todos, menos o Imperador, que tinha o rosto virado para o teto.

— Por que precisamos fazer tudo tão cedo? — perguntou ele, em tom lamuriento.

— Majestade, já é quase meio-dia — respondeu Maxim, com a maior delicadeza possível.

— Quando você vai aprender que este Palácio existe para funcionar no horário que eu desejar, e não outro?

Menino se sentiu um pouco constrangido, ao ver o Imperador fazendo picuinha na frente de todos os nobres, mas o velho não se importava. E Maxim já estava tão acostumado com as discussões que nem percebia. Mas tudo aquilo parecia muito esquisito para Menino.

— Esse é o tal fedelho? — perguntou Frederick, ainda sem olhar para Menino.

Maxim assentiu.

— É, sim, Majestade. Ele tem um nome bastante estranho. É chamado de Menino.

Ouviram-se risadas abafadas pela Corte. Menino ficou vermelho de vergonha, e de raiva também.

Finalmente, Frederick pareceu se interessar por algo.

— O nome dele é Menino? Que coisa mais peculiar. O mágico não deu a ele um nome normal?

— Aparentemente, achou que ele não merecia — respondeu Maxim lentamente.

Outra risada abafada correu pelo aposento. Dessa vez, Menino não aguentou, e disse:

– Isso não é...

Mas Maxim agarrou o pescoço dele, antes que Menino realmente começasse a falar, impedindo que ele respirasse. Soltou o pescoço logo depois, mas, por um instante, Menino ficou completamente sem ar.

– Muito bem – murmurou Frederick. – Pouco importa. Qual é a novidade? Ele tem o segredo?

– As coisas estão progredindo muito bem, como Menino confirmará – declarou Maxim. – Em breve, o livro estará em nossas mãos, e quando estiver, poderemos resolver a situação imediatamente, como é desejo de Vossa Majestade.

Frederick não pareceu ficar impressionado.

Maxim continuou, dizendo:

– Neste exato momento, meus homens estão fechando o cerco em torno do livro. Menino já me informou o paradeiro, e o livro estará aqui antes do final do dia!

Menino ficou imaginando como Maxim ousava se arriscar tanto. Será que ele realmente acreditava naquilo? Talvez estivesse só ganhando tempo. Ele tentou imaginar onde Willow estaria, rezando para que não fosse perto do orfanato. Uma coisa era certa... os homens da Guarda Imperial não encontrariam coisa alguma lá. Como Maxim parecia nada saber sobre Kepler, ao menos o livro estava seguro com ele. Caso Maxim pusesse as mãos no livro, conquistaria um poder terrível no Palácio, colocando a vida de todos eles em risco. E o próprio Menino perderia a chance de usar o livro.

Menino parou bruscamente de devanear. Percebeu que estava sendo observado pela Corte inteira outra vez. Encarou Maxim, que olhava raivosamente para ele.

– Não é isso? – perguntou Maxim, em tom malicioso.

Menino compreendeu que chegara o momento de confirmar tudo que Maxim declarara.

– É – disse ele, depressa, quase gritando. – É. O livro. É.

Frederick assentiu com a cabeça, dando um sorriso sem humor.

– Ótimo – disse ele. – Para o bem de vocês dois, espero que estejam certos. Agora vamos passar aos outros assuntos do dia...

Maxim se posicionou ao lado do pedestal, acenando para Menino se juntar a ele.

Houve uma pequena comoção e uma breve fanfarra. Então, alguém exclamou: – Candidatos a cargos no Palácio real!

Maxim sibilou para Menino ao seu lado:

– Bico fechado. Fique vendo, sem dizer coisa alguma. Você já fez o bastante por hoje.

Menino obedeceu. Obviamente dormira até tarde, pois Maxim dissera a Frederick que já era meio-dia. Comera além da conta, e depressa demais. Tivera sonhos estranhos outra vez. Enquanto observava distraidamente o que acontecia na Corte, começou a se lembrar de alguns trechos.

Ele andara rastejando por um túnel, tão baixo que era impossível ficar em pé ali dentro, tentando alcançar algo. Procurou recordar o que era, e conseguiu. Não era algo, mas alguém. Willow. Ela estava no final do túnel. Mas permanecia sempre distante, por mais que Menino rastejasse.

Na Corte, um homem vestido de preto avançou. Vários outros candidatos já haviam sido rejeitados secamente. Maxim ficara feliz por ver que, naquele dia específico, o Imperador não estava num estado de espírito mortalmente vingativo. O homem de preto declarou ser um alquimista.

Frederick olhou para o teto.

– É mesmo? – disse ele. – Prove! E depressa. Estou sentado aqui há tanto tempo que minhas pernas já começaram a doer...

– É claro! – disse o homem, fazendo uma reverência. – Minhas coisas!

Ele acenou para o fundo do aposento, onde alguns ajudantes seguravam o equipamento. Em poucos minutos, instalou um pequeno queimador embaixo de um tripé. Começou a vasculhar uma bolsa, e tirou um pequeno crisol de pedra.

– Irei transformar uma pequena quantidade de chumbo em ouro, nessa maravilha da alquimia, o sistema secreto, tormento dos metais, a gênese por meio das 27 transformações...

Menino, que ficara interessado nos acontecimentos, resmungou em voz baixa.

– É um truque.

Mas foi ouvido.

– Cale a boca – disse Maxim.

Mas Frederick já se virara no trono, e perguntou:

– O que ele falou?

– Nada – retrucou Maxim.

– Quero ouvir o que o menino falou – disse Frederick para Maxim, com acidez. – O que você disse, Menino?

Menino hesitou.

– O que você disse? Fale!

– Eu disse que isso é um truque.

– Como você sabe? – perguntou Frederick, em tom cauteloso.

O homem de preto parecia hesitante, mas abriu a boca para falar. Sem olhar para ele, Frederick ergueu a mão.

– Mais uma palavra sua, e mando matar você agora mesmo.

Até que o velho Imperador era esperto quando queria, pensou Menino.

– Fale, Menino – disse Frederick. – Como você sabe que isso é um truque?

– É um truque teatral. O crisol tem um fundo falso, feito de cera. Quando é aquecida, a cera derrete e revela o ouro que já está lá dentro.

Ouviu-se um arquejo de espanto em torno da Corte, e todos começaram a falar ao mesmo tempo.

– O fedelho está mentindo! – exclamou o alquimista.

Maxim arrancou o crisol da mão do sujeito, antes que ele pudesse se defender. Esfregou a unha depressa na parte de dentro, e parou imediatamente. Ergueu e virou o crisol no ar, mostrando o interior para a Corte e depois para o Imperador.

Flocos de cera caíram no chão. Na base do pequeno crisol, via-se o inconfundível brilho de ouro.

A assembleia silenciou.

– Matem esse homem – disse Frederick.

– Não! – exclamou Menino. – Vocês não podem matar alguém só por isso! Não podem!

Mas ninguém lhe deu a menor atenção, a não ser Maxim, que se aproximou e tapou-lhe a boca com a mão.

Enquanto o homem se debatia e era levado do aposento, Menino virou e lutou até afastar a mão de Maxim da sua boca.

– Eu não queria que isso acontecesse. Eu... vocês não podem matar esse homem.

Maxim agarrou Menino outra vez, e apertou-lhe a garganta.

– Um erro, Menino. Lembre disso... um erro.

Menino calou a boca.

O homem era um impostor, um vigarista. Mas certamente não merecia morrer só por isso. No passado, Menino fizera coisas piores. Muito piores.

Frederick virou-se para Menino.

– Excelente, Menino! – exclamou ele. – Muito bem! Você já se revelou um rapaz de valor! Não acha, Maxim? Hein, Maxim? Menino esperto. Precisamos cuidar bem dele, não é, Maxim?

Maxim deu um sorriso forçado.

– Claro – disse ele.

– Afinal, valeu a pena ficar com ele, não valeu? Você deveria prestar mais atenção ao que eu digo, Maxim. Talvez nós já estivéssemos mais perto da nossa meta!

Maxim deu outro breve sorriso forçado, mas nos olhos mostrava apenas uma raiva tenuemente disfarçada.

Menino ficou calado, mas viu o Imperador rir feito um idiota para ele, balançando a cabeça aprovadoramente. Sentia-se culpado pela morte do desgraçado alquimista. Mal conseguia absorver o que estava acontecendo na Corte, mas não podia deixar de notar o que aconteceu a seguir.

– Próximos! – exclamou um criado.

A multidão abriu passagem para os últimos candidatos do dia a correr o risco de tentar conseguir favores dentro do Palácio real.

Um homem e um garoto, ambos com capas e capuzes, avançaram até ficar diante da Corte.

Então tiraram os capuzes, e Menino viu que o vulto menor não pertencia a um garoto, e sim a uma garota. Um homem e uma garota.

Kepler e Willow.

5

— Tomara que eles sejam bons – murmurou Maxim para Menino. – Sejam quem forem, tomara que sejam bons. Depois que ele sente o gosto de sangue...

Menino olhou para Willow.

Ela já vira que ele estava ali. Dava para perceber isso, pois Willow olhava para toda parte, menos para ele. O mesmo ocorria com Kepler. Deliberadamente, os dois evitavam qualquer contato visual com Menino, e ele compreendeu o que isso significava.

Fique calado, sem fazer coisa alguma que possa nos delatar.

Mas Menino precisava desesperadamente avisar os dois do perigo que corriam.

Eles não sabiam que suas vidas estavam por um fio. Se não causassem boa impressão ao Imperador, seria o fim para os dois.

Menino tentou atrair o olhar de Willow, mas nada conseguiu. Ela continuou olhando fixamente para frente, só dando atenção a Kepler quando necessário. Menino tentou sacudir a cabeça para chamar a atenção dela, mas foi flagrado por Maxim.

— O que você está fazendo, seu idiota? Fique quieto. Eles são os últimos de hoje. Depois você poderá ir para os seus aposentos até pegarmos o livro.

Menino ficou imóvel, fechou os olhos, e rezou.

— O que vocês têm a nos mostrar? – perguntou Maxim a Kepler.

Kepler avançou.

— Meu nome é Arbronsius! – declarou ele. – Esta é minha ajudante, Mina.

Ele indicou Willow fazendo uma reverência.

– Viemos de muito longe até esta grande cidade, para exibir nossos poderes místicos a Vossa Majestade.

– Ande com isso, homem – disse Frederick, com rispidez.

Silenciosamente, Menino rezou para que Kepler se apressasse. O velho lunático poderia mandar matar os dois só por demorarem demais.

– Claro – disse Kepler, vasculhando um embornal a seus pés. – Só preciso de um equipamento...

– Equipamento? Equipamento? – rebateu Frederick. – Você não é um daqueles malditos telescopistas, é? Eu não tolero aqueles presunçosos!

– Não, claro que não – disse Kepler apressadamente. – Não tenho paciência para esses filósofos naturais modernos, esses cientistas, esses telescopistas traiçoeiros!

Kepler não parecia convincente para Menino. Mas só ele e talvez Willow soubessem que Kepler era aquilo mesmo... um cientista, cuja mente fora definitivamente influenciada pela descoberta do livro. Mas Frederick e o resto da Corte pareciam ter acreditado nele.

Kepler se curvou outra vez e tirou algumas coisas do embornal, dizendo:

– Não, Majestade. O que tenho aqui é um acessório verdadeiramente mágico.

Com uma reverência digna de Valerian, Kepler tirou do embornal um curto cilindro metálico. Imediatamente, Menino reconheceu a lente da câmara obscura. Na ponta do objeto, fora afixado um tubo de vidro fosco.

– Eis aqui... o Tubo dos Espíritos! – disse Kepler, em tom dramático.

Frederick ficou calado, e simplesmente abafou um bocejo com as costas da mão.

– O Tubo dos Espíritos é um conduto que nos permite ver o mundo dos espíritos. Às vezes temos a sorte de capturar visões desse outro mundo dentro do tubo. Permitam que eu tente uma aparição!

Kepler entregou o artefato a Willow. Enquanto passava suas mãos sobre o tubo, começou a murmurar em voz baixa, de modo que ninguém ouvia direito. Menino ficou surpreso. Jamais imaginara que Kepler saberia atuar como Valerian, mas era exatamente isso que ele estava fazendo. Menino sabia que Kepler não tinha poderes mágicos. Ele era simplesmente um cientista. Mas viu que Kepler sabia representar um mágico bastante bem.

Durante algum tempo nada aconteceu. Depois, dentro do tubo começou a brilhar uma luz verde-amarelada, fraca e mortiça. Kepler ergueu o tubo bem acima da cabeça, para que todos pudessem enxergar. Quando as pessoas viram um rosto aparecer através do brilho luminoso dentro do tubo, arquejaram de espanto.

Menino já sabia o que estava vendo... era basicamente o mesmo truque que Valerian usara para fazer o elfo aparecer nas suas mãos, durante a primeira parte da Ilusão do Sumiço no País dos Elfos, seu número mais famoso. Talvez Kepler houvesse mostrado aquilo a Valerian também.

Uma pergunta surgiu na cabeça de Menino. Fora por isso que Kepler mandara que ele fosse buscar a lente na Casa Amarela? Será que ele já estava planejando isso?

– O Tubo dos Espíritos! – exclamou Kepler. Depois largou o artefato no chão, e a luz desapareceu. Ele se curvou diante de Frederick, rezando para ter feito o suficiente. Ao reerguer o corpo, acrescentou: – Às vezes até ouvimos vozes que vêm do outro reino!

Menino prendeu a respiração, mal ousando olhar para Frederick. Willow permaneceu um pouco atrás de Kepler, totalmente imóvel.

Frederick levantou-se e apontou para Kepler.

– Excelente! – declarou ele, parecendo um menino mimado. – Você não acha, Maxim?

– Muito impressionante – disse Maxim com frieza.

– Bastante – disse Frederick, virando novamente para Kepler.
– Como é mesmo o seu nome?

– Arbronsius – respondeu Kepler. – E esta é Mina.

– Muito bem. Vocês ficarão hospedados aqui no Palácio, e pouco a pouco poderão nos mostrar mais descobertas.

– Obrigado, Majestade – disse Kepler, com uma reverência profunda. Ao reerguer o corpo, ele deu uma olhadela para Menino, que meneou a cabeça levemente.

Depois Menino olhou para Willow, e viu um discreto sorriso nos lábios dela.

6

Menino voltara ao seu quarto nos Aposentos de Inverno. Dessa vez havia uma criada diferente indo e vindo, fazendo isso e aquilo, arrumando e levando embora a refeição que ele acabara de comer. Ela era jovem, e Menino ficou aliviado ao ver que pelo menos não era cega.

Ele se postou diante da janela, ignorando a criada. Ficou tentando se orientar dentro do Palácio, para descobrir onde aquele quarto estava localizado em relação ao resto. Porém, encontrou dificuldade.

Depois de algum tempo ele parou de pensar na geografia do Palácio, e novamente ficou vendo a neve cair. Seus nervos estavam em frangalhos. Sentia-se sobressaltado e temeroso. Ficara perturbado ao rever Willow ali, no coração do perigo. Além de descobrir uma maneira de escapar, precisava se preocupar também com ela. Sabia que ela estava a salvo dos homens de Maxim agora, mas o que aconteceria quando eles voltassem de mãos vazias?

Pelo menos o Imperador gostara dele, mas isso não lhe trazia muita tranquilidade. Menino já percebera que Frederick era volúvel, e podia mudar de humor por qualquer capricho.

Ele viu outro floco de neve passar flutuando pela janela, e automaticamente começou a contar, recuperando a calma com cada floco que caía.

Não sabia onde Kepler e Willow estavam naquele momento. Os dois haviam sido conduzidos numa direção muito diferente da que ele tomara para vir aos Aposentos de Inverno.

– Para onde vão os hóspedes verdadeiros? – perguntou ele à criada. – Quer dizer, quem não é prisioneiro como eu...
A rapariga parou de trabalhar, com expressão confusa.
– Se eu fosse um visitante normal, ficaria em que lugar? – explicou Menino.
A rapariga pensou por um instante, sem parecer desconfiar das perguntas dele.
– Depende de quem são os hóspedes. Os lordes são colocados no Pátio do Chafariz, e os duques nos Aposentos do Oeste.
– E gente como os alquimistas, esse tipo de pessoa?
– Ah, isso é diferente – disse a criada. – Todos vão para a Antiga Torre do Sul.
– E onde fica isso?
– É muito longe daqui – disse ela, virando para ir embora. – Do outro lado do Grande Pátio. É a torre mais alta do Palácio inteiro.
Menino sorriu. As informações daquela rapariga podiam ser bastante úteis para ele.
Havia guardas atrás de cada porta ali, mas também havia a escadaria secreta por onde ele chegara àqueles aposentos pela primeira vez. A entrada da escada estava trancada, mas a criada mais velha cometera um erro, permitindo que Menino ficasse com o pedaço de metal que abria trancas.
Ele deitou na cama e esperou que escurecesse.

Menino demorou mais tempo do que esperava para se pôr a caminho. Embora houvesse usado a porta secreta quando chegara aos aposentos pela primeira vez, levou meia hora esquadrinhando lentamente as paredes até achar a entrada. E continuou inseguro mesmo depois de encontrar, tão bem escondida era aquela porta.

Não foi difícil abrir a tranca, depois que ele descobriu a fechadura propriamente dita, que ficava oculta no corrimão trabalhado que percorria todo o aposento. Bastou uma torção no pedaço de metal, e a porta se abriu. O sistema de dobradiças era tão engenhoso que todas as seções trabalhadas se afastavam deslizando do lugar de origem.

Menino foi até a cama, e juntou alguns travesseiros até formar algo que parecia um vulto adormecido. Cobriu tudo com os lençóis, e deixou a ponta do seu camisolão aparecendo no lado da cama.

Estava escuro lá fora, e até mais escuro na escadaria oculta. Mas Menino pegou cuidadosamente um pequeno lampião a óleo no quarto, e partiu escada abaixo. Não tinha exatamente um plano. Só achava melhor ir lá para fora. Deveria ser mais fácil encontrar a Antiga Torre do Sul ao ar livre do que perambulando a esmo pelos infindáveis corredores internos.

Quando chegou ao pé da escadaria oculta, ele hesitou. Encostou o ouvido junto à porta, em busca de qualquer tipo de barulho. Mas nada ouviu. A contragosto, ainda esperou vários minutos para ter certeza, mas continuou sem ouvir nada. Então abaixou a pequena maçaneta e abriu a porta. Colocou o lampião no degrau inferior e fechou a porta, notando cuidadosamente a sua localização na parede ao fazer isso. Fechada, a porta ficava quase invisível novamente.

O lugar era exatamente como ele lembrava, mas estava à meia-luz, como a maior parte do Palácio parecia ficar durante a noite. Havia a grande escadaria de mármore que levava ao andar superior, e Menino deduziu que um vestíbulo de tamanha importância só podia ficar perto de uma das entradas do Palácio. Pensando nisso, ele seguiu para um conjunto de portas na direção oposta. E viu logo que acertara, quando entrou num vestíbulo um pouco menor, onde já era possível sentir o cheiro da noite lá fora. Havia uma fileira de portas grandes ao longo da parede. Presumivelmente, todas levavam ao exterior. Mas Menino avistou uma portinhola para uso informal em cada extremidade, e rumou para a mais próxima. Quando passou, viu um guarda cochilando sobre um estreito banco de madeira na outra extremidade. Delicadamente, fechou a portinhola por onde saíra.

Ele estava ao ar livre. Pela primeira vez em vários dias, respirou ar fresco. E sentiu, com prazer, o vento suave, embora frio, que roçava-lhe o rosto.

Era uma noite sem luar. Menino esperou até conseguir enxergar um pouco melhor antes de se mexer. Quando seus olhos se adaptaram à escuridão, porém, ele viu um gramado cinzento à sua frente.

Neve.

A neve cobria tudo, e continuava caindo. Imediatamente, Menino percebeu que teria um problema. Pegadas. Ele deixaria pegadas por onde fosse, e, mesmo à meia-luz, viu que a neve estava intocada.

Menino esteve muito tempo parado nos degraus do Palácio, e ficou cada vez mais agitado. Ele não podia voltar, e acabou resolvendo arriscar a sorte. Se nevasse bastante durante a noite, talvez suas pegadas fossem encobertas.

Mesmo assim, ele procurou caminhar perto dos prédios. Sempre fora de sua índole natural preferir ficar nas sombras, para se expor menos.

Dali ele não conseguia ver a Torre do Sul. Na verdade, não conseguia ver qualquer coisa parecida com uma torre. Mas já percebera que o Palácio era um amontoado muito denso de prédios, e sua visão estava prejudicada pela altura das construções em torno.

Meia hora mais tarde, ele passara por prédios grandes e pequenos. Percorrera claustros e descera escadarias de pedra em espiral. Escalara muros baixos e muralhas altas. O tempo todo, maldizia a neve que aprendera a amar. Tinha os pés e as mãos dormentes. Sempre que olhava para trás, via uma pavorosa trilha de pegadas, nítidas até na escuridão.

Ao examinar mais um quarteirão, porém, Menino avistou uma torre redonda, estreita e imensa. Um pouco adiante, viu a muralha do Palácio que dava para o sul. Concluiu que aquela só podia ser a Torre do Sul. E subitamente percebeu a futilidade do esforço que fizera para chegar ali.

Provavelmente as portas estavam trancadas, mas isso não seria problema para ele. Depois que estivesse lá dentro, todavia Menino teria poucas chances de descobrir o paradeiro de Willow. A Antiga Torre do Sul erguia-se diante dele em meio à neve do céu noturno. Menino só conseguiu contar oito andares, porque depois a construção sumia de vista. E quando se aproximou mais, ele viu que a torre só parecia ser estreita quando vista de longe. Na verdade, era enorme. Então, ele parou, e tentou resolver o que fazer. Numa situação daquelas, Valerian teria parado e virado para Menino. A voz do mágico parecia até soar nos ouvidos dele.

"O que nós precisamos fazer, Menino?", teria perguntado ele. Mesmo durante aqueles últimos dias, Valerian sempre colocara o problema para Menino em termos lógicos. Tentava fazer com que ele pensasse na solução em termos lógicos. E Menino acabara adquirindo o hábito de agir assim. Mas o que ele poderia fazer?

Menino foi rodeando a torre. Pela sua estimativa, cada andar deveria ter pelo menos seis aposentos. Ele ainda tentou calcular quantos aposentos haveria no total, caso a torre tivesse apenas oito andares, mas desistiu antes de obter a resposta. Percebeu que era inútil.

Ele sentiu vontade de berrar. Poderia gritar o nome de Willow e tentar fugir antes que alguém pegasse os dois. Mas sabia que isso era idiotice. Eles seriam presos muito antes de conseguir chegar ao mundo exterior.

Algo dentro dele, porém, se recusava a desistir.

Menino voltou e foi em direção a uma porta que avistara na base do prédio. Notou, contudo, algo estranho a seus pés. Ali a neve era mais escura, úmida e escorregadia. Erguendo o olhar, ele viu, à direita, uma arcada baixa que passava sob uma construção ao pé da torre. Os rastros de neve manchada levavam para a arcada baixa. Sem pensar no que estava fazendo, Menino caminhou até lá, e então ouviu um barulho. Parecia um gemido, como se fosse de um animal ferido, mas não era só isso. Também havia um ruído líquido que Menino não conseguiu identificar direito.

Arrependido por não ter trazido o lampião, ele enfiou a cabeça dentro da arcada. Ali o barulho era mais nítido.

Menino ficou pensando se deveria fazer algum tipo de alarde. Alguém poderia estar ferido, precisando de ajuda. Mas ele não podia correr o risco de revelar sua presença ali. E o problema não era seu. Ao decidir isso, ele pensou em Willow e se sentiu culpado. Ela teria ajudado, mesmo que precisasse arriscar sua própria segurança.

Menino penetrou um pouco no túnel. Quando estava prestes a soltar uma exclamação, sentiu outra coisa... um cheiro. Imediatamente, ele compreendeu o que estava acontecendo.

Aquela neve molhada e escura. Aquele barulho gorgolejante. Aqueles gemidos.

O cheiro era de sangue.

Sem conseguir evitar, ele soltou uma exclamação de medo. O barulho cessou, e uma forma escura se mexeu diante dele. Era um vulto grande, curvado sobre algo que se retorcia no chão. Quando virou o rosto, encarou Menino frontalmente.

Por um instante nada aconteceu, enquanto Menino absorvia horrores demais para um só momento. Uma pobre coisa morta no chão. O Fantasma sentado sobre a presa, com a boca pingando sangue. E os olhos dele... os olhos eram o pior de tudo.

A criatura ficou olhando fixamente para Menino, sem reação alguma. Então Menino soltou um berro e fugiu do túnel. Ele não queria saber se seria ouvido ou visto. Simplesmente saiu em disparada pelos terrenos do Palácio.

Ele levou muito tempo para perceber que não estava sendo seguido, e, mesmo assim, não se sentiu seguro. Continuou correndo de volta pelo caminho que fizera. As pernas ardiam e a ilharga doía, mas Menino só parou quando chegou à portinhola de onde saíra cerca de uma hora antes. Retardou o passo brevemente enquanto entrava, passando pelo guarda adormecido. Então, subiu correndo a escadaria secreta até seus aposentos. Lá trancou a porta, e ficou tremendo com as pernas bambas. Seus ombros subiam e desciam. Ele deitou-se na cama completamente vestido. E começou a chorar, devido ao choque causado pelo que vira.

Depois de muito tempo, ele cansou de chorar, e sentia apenas uma dor mortiça e renitente. Tentava afastar da mente aquela visão, mas seus esforços eram em vão. Não conseguia tirar da cabeça a imagem daquele pobre animal... ou pior ainda... daquela pobre pessoa que morrera nas mãos do Fantasma. Nem a imagem do próprio Fantasma, que, na verdade, não era tão grande assim. Tratava-se de um vulto pequeno, mas com muita força, principalmente em torno dos ombros e braços. O Fantasma tinha uma postura agachada, parecida com a dos macacos que Menino vira num dos circos ambulantes que às vezes vinham à Cidade. E seu rosto era indescritivelmente horroroso, com tufos de cabelo ralo revelando grandes trechos do couro cabeludo por baixo. Os olhos eram o pior de tudo... havia algo naqueles olhos que por um triz não matara Menino de pavor. Eram quase totalmente vagos. Por trás daquele olhar, parecia haver apenas a ideia de matar, mas isso não era tudo. Existia algo mais naqueles olhos, algo que entrara queimando na mente de Menino e lá permanecia. Mas Menino não conseguia entender o que era.

Outros pensamentos também invadiam a sua cabeça. Um dos principais era o temor de ter deixado rastros que qualquer pessoa ou coisa poderia seguir até os Aposentos de Inverno, ou pelo menos até a entrada lá embaixo. Menino estremeceu, ansioso para que a nevasca aumentasse mais ainda, escondendo as suas pegadas, cobrindo o sangue, e eliminando toda a sua dor.

– Por favor, neve, por favor, neve – repetia para si mesmo, sem parar.

Menino estava completamente vestido, dentro de um quarto aquecido, e embaixo de grossos lençóis. Mesmo assim, tremia, enquanto ansiava para que o sono viesse em busca dele.

8

Não eram apenas pensamentos sobre o Fantasma que mantinham Menino acordado. Também havia Willow. E se ela não estivesse trancada em segurança na Torre, com aquela coisa solta por perto? Mas também, não havia lugar algum verdadeiramente seguro na Cidade.

Menino passou a noite inteira na angustiada expectativa da comoção que começaria ao alvorecer, quando os vestígios sangrentos fossem descobertos.

Ao raiar do dia, porém, nada aconteceu. A velha criada cega entrou, trazendo-lhe o café da manhã, sem mencionar assassinato algum.

Menino deteve a criada quando ela já estava saindo.

– O que é, Menino?

– Queria saber se você ouviu falar de alguma coisa que aconteceu no Palácio hoje de manhã. Uma coisa estranha.

A mulher abanou a cabeça, e disse:

– Está tudo como sempre.

Depois que ela saiu, Menino foi até a janela. Realmente nevara muito durante a noite, e ele rezou para que a neve houvesse encoberto tudo que acontecera.

Daquele ponto elevado, era possível ver um homem limpando com uma pá alguns caminhos que cruzavam a pequena praça localizada sob a janela. A neve ainda caía. Menino começou a se acalmar, mas continuava pensando em Willow.

Suas reflexões foram interrompidas quando a porta que dava para fora dos seus aposentos se abriu violentamente.

Maxim entrou a passos largos, e Menino percebeu que ele não estava de bom humor.

Será que Maxim descobrira suas atividades noturnas? Ou estava furioso por causa do Fantasma assassino? Aparentemente, porém, ninguém sabia da escapadela de Menino. E tampouco se importava com quem o Fantasma matava, dentro ou fora do Palácio.

— A garota não estava lá! — disse Maxim, marchando diretamente para Menino, que manteve a calma e não tremeu. Isso pareceu abalar Maxim, que, ao menos dessa vez, não bateu nele.

Menino já se cansara de ameaças e surras. Vira algo muito pior na véspera. De alguma forma, o choque que levara com aquilo lhe dera uma força estranha. O que era um golpe físico comparado ao que ele vira naquele túnel?

— Eu poderia ter avisado isso a você — disse Menino, saboreando a ironia da situação, pois ele sabia exatamente onde "a garota" estava. Bem ali no Palácio, enquanto Maxim revirava a Cidade em busca dela.

— Como? Onde ela está?

Embaixo do seu nariz, pensou Menino.

— Não faço ideia — mentiu ele. — Só posso dizer que ela é mais esperta do que os seus guardas, e nunca será encontrada por eles.

Maxim encostou Menino numa parede, à força.

— Você vai me machucar outra vez? — perguntou Menino em tom neutro, sentindo uma calma absoluta.

Maxim ficou espantado. O menino parecia estranho, e ele não tinha tempo para brincadeiras.

— Não, não vou — disse ele. — Mas se não me disser onde o livro está, você será mandado para um lugar onde morrerá. A escadaria da escuridão, lembra? Lembre-se bem disso, Menino.

Menino já não se sentia tão forte. Coçou o nariz, desviando o olhar de Maxim.

— Ah, você sabe do que eu estou falando? — disse Maxim. — Ótimo. Então me diga o seguinte... onde o livro está? Se ficou com a garota, onde ela está? Se você não me disser isso agora, será mandado imediatamente para...

Menino se afastou devagar da parede, e foi até a janela ver a neve. O que ele podia dizer? Mesmo que falasse de Kepler para Maxim, dizendo que eles estavam no Palácio, isso talvez não trouxesse o livro às mãos dele. Menino não fazia ideia se Kepler trouxera o livro. Seria arriscado fazer isso, mas também seria arriscado deixar o livro para trás. E se ele contasse tudo isso a Maxim, uma coisa era certa... Willow também estaria em perigo. Ele nada podia dizer.

– Eu não sei – disse ele, com tanta clareza e calma que Maxim foi forçado a acreditar.

Menino sentia que estava levando vantagens desde a Véspera de Ano-Novo. Quase fora morto por Valerian naquela ocasião. O mágico só fora levado a mudar de ideia na última hora, porque Kepler dissera que Menino era filho dele. Ou Menino teria morrido, ou seu pai. Mas agora ele só queria garantir a segurança de Willow.

– Você pode me entregar ao Fantasma, se for preciso. Não posso dizer onde o livro está, porque não sei.

Menino esperava que Maxim gritasse com ele, praguejasse, batesse nele e mandasse que fosse levado embora imediatamente, mas nada disso aconteceu. Maxim sentou numa cadeira e abanou a cabeça.

Menino se afastou da janela.

– Por quê? – perguntou ele.

Maxim ergueu o olhar.

– Por que você precisa do livro? Por que o Imperador precisa disso? O livro já esteve aqui uma vez, e nada trouxe de bom.

– O médico contou isso a você, não foi? Ele era útil, mas achei que talvez houvesse enlouquecido, entende?

– Acho que quase enlouqueceu. O que ele fez para merecer a prisão por tanto tempo? Quantos anos... dez?

– Quinze – corrigiu Maxim. – Quinze. Ele sabia demais. Sabia coisas que não deveria saber. Eu não podia permitir isso. Eu era a única pessoa viva que sabia o que ele sabia.

– Mas então por que não mandou que ele fosse morto? – perguntou Menino, com amargura. – Vocês matam as pessoas com tanta facilidade aqui.

Maxim olhou para ele ironicamente.

– Talvez as coisas não fossem tão fáceis naquela época. Mas havia outro motivo. Nós precisávamos da habilidade dele... como médico.

– Por quê? – perguntou Menino, querendo ver se Maxim falaria do Fantasma.

Será que Maxim admitiria que eles sabiam da existência do Fantasma? Que até cuidavam dele? E que precisavam de Bedrich para tentar evitar que a criatura tivesse acessos de violência?

Mas ficou decepcionado com a resposta.

– Você acha que eu vou contar todos os segredos deste lugar, Menino? Não seja tão idiota. Só estou interessado em você por um motivo... o livro. Você estava com Valerian no fim... deve saber o que aconteceu com o livro.

Menino abanou a cabeça.

– O livro era a última coisa que nos preocupava, quando Valerian foi levado. Willow e eu saímos da Casa Amarela. A Torre estava em ruínas. Se os seus homens não encontraram o livro quando me capturaram, a casa deve ter sido saqueada antes da minha volta naquele dia.

Maxim examinou o rosto de Menino, como que medindo a veracidade daquelas palavras.

– Mas por que você precisa do livro, afinal? – perguntou Menino. – Por que o Imperador precisa disso?

– Porque ele é louco! – rebateu Maxim. Depois suspirou, fez uma pausa e disse: – Eu preciso do livro para dar ao Imperador a única coisa que ele não tem... vida.

– Como assim? – perguntou Menino. – Ele está vivo agora...

– Você notou? Hum... mas por quanto tempo mais? Frederick já está com 78 anos. Mas como se pode ver, sua fragilidade é tamanha que ele parece ter vinte a mais. É um velhote bobo e fraco... mas quer viver para sempre.

Menino gaguejou: – Ele quer... o quê?

– Frederick quer viver para sempre – disse Maxim, como se isso fosse a coisa mais razoável do mundo. – Ele não tem sucessor. É o último de uma linhagem familiar direta que teve início há sete séculos, pelo menos. Quando ele morrer...

– Então é por isso que o Imperador quer viver para sempre? Ele é louco!

Maxim deu uma olhadela sem muito interesse para Menino.

– Eu deveria mandar matá-lo só por causa disso. Mas é verdade... você tem razão. Infelizmente, eu preciso descobrir um jeito de tornar Frederick imortal, antes que ele se canse do meu fracasso.

– Entendi – disse Menino. – Ou melhor, não entendi. Ele quer ser imortal. Digamos que você encontre o livro, e ache uma resposta. O que acontecerá?

Maxim começou a se mostrar interessado no que Menino estava dizendo.

– Como assim?

– Digamos que o livro indique uma coisa mágica a fazer com o Imperador, para que ele viva eternamente. Um feitiço, ou algo assim. Vocês fazem isso com Frederick, e ele fica achando que é imortal.

– E daí?

– Como ele vai saber a diferença, a não ser que morra?

Maxim ficou calado muito tempo, olhando fixamente para Menino. O silêncio foi quebrado por uma batida na porta.

A criada mais jovem entrou, sem pedir licença, e começou a dizer: – Sr. Maxim, a sua...

– Agora não! – gritou Maxim.

– Mas a sua presença é exigida pelo Imperador imediatamente, sr. Maxim.

– Droga! Está bem. Eu já vou – disse Maxim, levantando da cadeira. Virou-se para Menino, sorriu e acrescentou: – Não vá a lugar algum, viu? Sua utilidade já chegou ao fim. Fique aqui enquanto eu resolvo o que fazer com você.

Menino levantou.

– Mas o Imperador também quer ver o menino, sr. Maxim – disse a rapariga. – Falou que ele deve frequentar a Corte de agora em diante.

Maxim praguejou e agarrou a rapariga pelo braço.

– Tem certeza? – disse ele com rispidez.

Mas não havia motivo para duvidar. Ele soltou o braço dela, derrubou uma cadeira com um pontapé, e saiu furioso do aposento.

– Venha comigo! – berrou por cima do ombro.

Menino correu porta afora atrás de Maxim. Era incrível, mas sua vida talvez houvesse acabado de ser salva pelo lendário, lunático e decrépito Imperador da Cidade.

9

Willow. A primeira coisa que Menino viu ao entrar na Corte, no meio daquela multidão de gente, foi Willow. Ela também notou a sua chegada imediatamente, e sorriu. Menino se arriscou até a retribuir o sorriso, vendo que Maxim só pensava em se aproximar do Imperador, que já estava sentado no trono aguardando a vinda deles.

Maxim calculara que Frederick estaria de mau humor, e acertara.

– Então, Maxim, você fracassou outra vez!

A voz alta e fanhosa do Imperador ressoou acima dos murmúrios da corte, provocando um silêncio absoluto.

Menino sentiu a tensão no aposento. Embora houvesse passado pouco tempo no Palácio, ele já percebera a precariedade da existência que todos levavam ali, na dependência dos caprichos do Imperador. Maxim não era exceção. A segurança do próprio Menino equilibrava-se fragilmente entre o Imperador e o homem que era seu braço direito.

– O que você tem a dizer, Maxim?

Menino resolveu arriscar.

Ele retardara o passo e se distanciara um pouco de Maxim, em quem toda a atenção da Corte estava concentrada. Tentando se encolher para passar despercebido, ele foi lentamente andando de lado na direção de Willow e Kepler. Ninguém pareceu notar. Todos os olhares no aposento estavam fixados na cena que se desenrolava entre Frederick e Maxim.

– Você não conseguiu encontrar o livro! O que pretende fazer agora, exatamente?

Maxim deu um passo à frente. Parecia que ia falar algo. Mas Frederick já estava furioso.

– Dei a você uma tarefa simples, mas você nunca cumpre as suas promessas! Juro que você faz isso deliberadamente! Você quer que eu morra, quer? Quer? Só que você partirá muito antes de mim, Maxim. Cansei! Cansei das suas desculpas ridículas, e não vou permitir que isso continue!

Menino chegou ao lado de Willow, e roçou sua mão na dela, sem conseguir pensar em algo para dizer.

– Menino – disse Willow.

Kepler virou, viu quem era, e sorriu. Depois franziu a testa e olhou irritado para Menino, sibilando:

– Você não pode ser visto conosco. É perigoso.

– Vocês nem sabem – sussurrou Menino de volta. – Aqui é mais perigoso do que vocês imaginam.

– Como assim? – perguntou Willow.

Menino ia responder, mas notou que uma das damas paradas ali perto estava olhando para eles. Então, virou e fingiu observar a cena que se desenrolava diante deles. Depois de algum tempo, falou com Willow sem olhar para ela, mantendo os olhos em Frederick e Maxim.

– Para começar, aqueles dois são perigosos – sussurrou ele, meneando a cabeça em direção ao pedestal. – Mas há outra coisa. O Fantasma. O Fantasma mora aqui, embaixo do Palácio.

Menino se arriscou a virar e olhar para Willow. O rosto dela era um retrato de pura confusão. Ele tornou a olhar para a frente.

– Encontre comigo aqui mais tarde – sussurrou ele num tom tão baixo que só ela pudesse ouvir.

Enquanto isso, a fúria de Frederick aumentava. Mas finalmente Maxim conseguiu falar.

– Posso saber como Vossa Majestade recebeu a notícia de que eu não tenho o livro?

– Pelo capitão da Guarda Imperial.

– Mas os meus homens...

– Os *seus* homens, Maxim? *Seus* homens? Os Guardas Imperiais são meus. Eles não servem você! Estão a meu serviço! Ponha-se no seu lugar. Os guardas imperiais existem para me servir. Eu falei com o capitão deles hoje cedo. Ele me contou que o livro não foi achado na expedição que eles fizeram pela Cidade!

Frederick já estava roxo de raiva, tão furioso que era capaz de fazer qualquer coisa.

– Mas nós temos o livro, Majestade – disse Maxim calmamente, fazendo uma pausa para enfatizar suas palavras.

– O *quê?* – disse Frederick bruscamente.

Menino e Willow ficaram transfixados.

– O livro *está* conosco – continuou Maxim. – Foi encontrado na expedição à Cidade. Está nos meus aposentos neste exato momento. Eu já estava vindo para cá com essa grande notícia. Começarei minhas consultas imediatamente, depois de ter... falado com o capitão da Guarda.

Menino virou-se para Willow, que abanou levemente a cabeça. É claro que Maxim não pegara o livro. Portanto, que artimanha era aquela? Fosse o que fosse, Menino percebeu que o risco aumentava a cada momento.

– Quando poderei ver o livro? – perguntou Frederick deliberadamente.

– Majestade, acho mais seguro aquilo ficar comigo – disse Maxim, em tom cauteloso. Aproximando-se do pedestal, ele sussurrou: – Depois dos acontecimentos passados, talvez seja melhor manter a coisa escondida...

O rosto de Frederick se transformou numa imagem de horror. As lembranças passavam pela cabeça do Imperador, contorcendo de angústia os seus traços. A expressão ficou congelada no seu rosto por um breve instante, mas depois ele estremeceu, reagindo.

– É, você tem razão, Maxim – disse ele com voz débil.

Maxim endireitou o corpo e assumiu um tom vibrante.

– Não é uma notícia maravilhosa? Finalmente nossa meta está à vista...

Frederick assentiu, parecendo uma criança naquele trono enorme.
– É – disse apenas.
– Eu me isolarei nos meus aposentos. Devotarei todas as horas do dia e da noite a esta busca. Consultarei e esquadrinharei o livro até conseguir uma resposta. Então nós nos preparemos para tornar Vossa Majestade... imortal!

Maxim terminou de falar com uma reverência tão extravagante, que a Corte inteira prorrompeu involuntariamente em aplausos.

Frederick ficou sentado no trono, mexendo a boca levemente enquanto tentava, sem sucesso, recompor sua dignidade, embora ninguém notasse.

Enquanto as pessoas falavam e aplaudiam, Menino se inclinou para Willow de modo que apenas ela ouvisse.
– Eles trancam vocês?
Willow abanou a cabeça.
– Ótimo. Depois da meia-noite de hoje, então.

Kepler agarrou o braço de Willow, e começou a se afastar dali. Ela já ia protestar, mas percebeu o motivo do ato dele. Maxim vinha se aproximando de Menino. A audiência da Corte terminara, e as pessoas estavam saindo. Quando Maxim chegou perto de Menino, olhou de relance para Willow e Kepler, parecendo prestes a dizer algo.
– Nós já vamos embora? – disse Menino depressa para Maxim, tentando mostrar desinteresse por Willow e Kepler. – Posso ajudar em alguma coisa?

Maxim continuou olhando para Willow, com uma pergunta nos lábios. Mas depois virou para Menino, e disse: – Ajudar? Ajudar!

Soltando um muxoxo, agarrou Menino e foi saindo com ele da Corte.

Menino nem ousou olhar de volta para Willow.
– É claro que você não pode me ajudar. Infelizmente o Imperador acha que você é útil. Então, por enquanto, você virá

comigo. Quando eu tornar Frederick imortal, porém, a história será outra.

Eles já haviam deixado o aposento, e estavam subindo a escada.

– O que acontecerá comigo, então? – perguntou Menino.

Maxim não interrompeu a caminhada.

– Sua utilidade terá terminado. A sua e a de todos aqueles charlatães que grudam nele feito moscas numa carcaça.

– Mas você nem tem o livro! – exclamou Menino.

Isso fez Maxim parar. Ela tapou a boca de Menino com a mão, e foi com ele até uma parede.

– Quer que todos no Palácio ouçam? – rebateu ele bruscamente. – Guarde isso em segredo. Senão, eu providencio o seu fim agora. Digo a Frederick que você sofreu um acidente.

Maxim manteve a mão sobre a boca de Menino durante muito tempo, até uma criada aparecer na ponta do corredor onde os dois estavam. Então soltou Menino e saiu caminhando com ele novamente.

– Portanto, tome cuidado com o que diz – avisou ele. – Em todo caso, você não terá chance de falar com mais ninguém. Pode ficar nos seus aposentos até que eu esteja pronto.

– Mas como você vai tornar o Imperador imortal? Você não tem o livro – disse Menino ao chegar às portas dos seus aposentos.

Maxim empurrou Menino para dentro e fechou a porta, impedindo que o guarda lá fora ouvisse.

– Não, eu não tenho o livro! – disse ele. – Mas não preciso ter.

Depois virou e abriu a porta novamente.

– Não entendi – disse Menino.

– É mesmo? Pois deveria entender. Foi você que me indicou a solução. Nem acredito que eu não tenha pensado nisso sozinho. Talvez eu tenha me enfronhado demais nessa história toda. Mas pouco importa. Agora você vai me dar licença. Preciso visitar o capitão da Guarda. Acho que chegou a hora de colocar alguém no lugar dele.

10

Noite no Palácio.

Mundos diferentes existiam em lugares diferentes ali dentro, mas seria um erro supor que esses mundos eram inteiramente isolados uns dos outros, pois todos faziam parte de uma única dança, ainda que intrincada.

Nos Aposentos Reais, o Imperador murmurava e roncava delicadamente. Enquanto ele dormia, sonhos agradáveis sobre sua imortalidade vindoura lutavam contra pesadelos desagradáveis sobre outras coisas. Eram coisas do passado, que Frederick achava já terem sido esquecidas. Ele usava uma touca vermelha, com uma longa borla vermelha pendurada sobre o rosto. À meia-luz, aquilo parecia uma trilha de sangue ressecado.

O Imperador se virava na cama, soltando exclamações de vez em quando, mas sem acordar. Os guardas diante da porta ignoravam os ruídos, já acostumados com o jeito de Frederick.

Enquanto isso, Maxim, o confidente, médico, criado, assessor, conselheiro e braço direito do Imperador, andava inquieto em seu gabinete na ala adjacente do Palácio.

Por fim, ele sentou numa poltrona de veludo junto à lareira e coçou a careca. Estava refletindo sobre certos assuntos. Já tinha uma resposta para Frederick. Conseguira uma solução. Se a coisa funcionasse, tudo correria bem, e Maxim estaria a salvo. Se fracassasse, o velho tolo e irritadiço poderia mandar que o próprio Maxim fosse jogado por aquela pavorosa escadaria abaixo. Mas ele já chegara a uma conclusão. Fosse como fosse, deixar de agir provavelmente seria fatal. Frederick estava se tornando mais imprevisível a cada dia. Maxim sabia que seu tempo se esgotara. Ele já adiara aquela decisão ao máximo. Precisava fazer alguma coisa logo, isso era certo.

Distraidamente, ele jogou mais um pouco de carvão no fogo, enquanto pensava em outras coisas. Que vida estranha fora aquela! Ele não queria que tudo terminasse, mas já houvera tanta morte e matança. Agora que ele ficara mais velho e talvez um pouco mais sábio, via aquilo como uma doença. A morte estava presente na vida de Maxim havia muito tempo. E ele próprio já estava sentindo o perigo real de pegar a doença e morrer.

Quando estivera nas masmorras, ouvira Bedrich cantar aquela canção. Era uma canção antiga, composta por Sophia Beebe na época em que a sua família tinha prestígio no Palácio. Desde que Maxim ouvira a canção novamente, não conseguia mais tirar aquilo da cabeça por muito tempo. As palavras pareciam tão adequadas à situação... talvez fosse por isso que todas aquelas lembranças do passado estivessem voltando agora, com tantos pensamentos sobre a morte.

Será que a própria Sophia usara o livro? Será que ela previra seu próprio futuro, e o futuro de todos os outros ligados aos desígnios demoníacos ali descritos? Era uma ideia apavorante, que deixava Maxim com uma sensação de impotência. Enquanto isso, a canção continuava ressoando em sua cabeça, e ele cantarolou para si mesmo.

Certamente você não fugirá?
Quando seu barco estiver pronto para zarpar.
Certamente você ficará
E enfrentará a chuva suave?
De manhã é bom pensar
Que a noite pode não chegar,
À noite é bom pensar
Que a manhã pode não chegar.
Portanto dancem, queridos, dancem,
Antes de descer a escadaria da escuridão.

Maxim parou de cantar e cuspiu amargamente no fogo. Ele não estava pronto para encetar a jornada, aquela longa e sombria jornada para o esquecimento. Ainda derrotaria Frederick usando as suas próprias armas, e eliminaria todos os parasitas que complicavam demais sua vida. Se as coisas fossem decididas só entre ele e o Imperador, Maxim poderia controlar tudo como queria, mas o velho idiota dava atenção demasiada aos alquimistas charlatães. Como resultado, Maxim era obrigado a ficar sempre à disposição, permanentemente de olho em ameaças e desafios à sua posição. Mas aquilo não duraria muito mais. Fosse como fosse, tudo terminaria logo.

Enquanto isso, Menino sentara outra vez diante da janela. Ficou vendo a neve que inacreditavelmente continuava a cair do céu nublado, ocultando da vista todos os vestígios de lama e sujeira. Esperou até escurecer totalmente, e depois aguardou mais um pouco. Alguém trouxe a ceia, e ele comeu com gratidão. Melancolicamente, pensou que estava comendo melhor do que já comera em toda a sua vida, mas mesmo assim só queria fugir dali.

Fugir.

Era a única coisa a fazer. Encontrar Willow e fugir. Kepler que cuidasse de si mesmo.

Menino continuou esperando, depois que sua bandeja foi levada embora. Esperou enquanto os sinos do Palácio e da Cidade tocavam. Esperou até meia-noite.

Enquanto esperava, ele começou a pensar em Valerian, como sempre. Valerian, seu pai. Ele não tinha certeza, mas sentia isso. Quando Kepler tentara negar o que dissera antes, Menino sentira que aquilo podia ser verdade.

Mas e daí? Talvez ele houvesse morado com seu pai sem perceber durante todos aqueles anos, sendo oprimido e atormentado. Ter certeza disso agora lhe traria alguma paz? Saber isso não significava desvendar tudo. Talvez Menino nunca viesse a descobrir quem fora a sua mãe. Mas já seria um começo. Ao menos ele conheceria algo sobre si mesmo, como outras pessoas.

Os sinos da meia-noite badalaram suavemente pela neve noturna. Mais uma vez, Menino abriu a porta da escada secreta com seu pedaço de metal, e desceu. Dessa vez, contudo, rumou para a Corte. Já conhecia bem algumas partes do Palácio, como o caminho de seus aposentos até a Corte, mas mesmo assim sentiu-se em terreno desconhecido ao entrar ali. À noite, sem ninguém por perto, o imenso aposento era um lugar muito diferente. Durante o dia era cheio de cor, vida, pessoas e riqueza. À noite, era outra coisa. Parecia até maior quando vazio, com as cores esmaecidas. Era um local deserto e esquecido. Assombrado.

Menino foi se esgueirando pelo oceano de mármore do chão, e ficou mais feliz quando seus pés pisaram nos grossos tapetes. Tentou decidir onde aguardaria Willow, e notou um canto junto à lareira que seria perfeito. Estava indo para lá, quando Willow surgiu das sombras.

– Menino! – exclamou ela, correndo para ele.

Os dois se abraçaram longamente, antes de falar qualquer coisa.

Por fim se separaram, e olharam um para o outro. Havia perguntas demais a fazer. Palavras demais que precisavam ser ditas.

– Como você está?

– O que aconteceu? Você não foi...

– Eu sei. Desculpe. Fui capturado. Não havia como avisar você...

Willow pegou as mãos de Menino. Os dois foram sentar lado a lado no pedestal, diante do trono. Dois vultos pequenos, tornados ainda menores pela enormidade do Salão da Corte às escuras.

– O que você queria dizer quando falou do Fantasma? – perguntou Willow.

– Exatamente o que eu disse! – respondeu Menino. – Ele mora dentro do Palácio... embaixo do Palácio, na verdade. Eu fiquei preso nas masmorras, e vi uma escadaria que leva a um lugar mais profundo ainda. É lá que o Fantasma mora, e sai para...

Menino parou de falar. Não queria pensar naquilo.

– E eles não sabem disso?

– Sabem, sim. Pelo menos, Maxim sabe. Eles parecem tolerar o Fantasma, desde que ele não assassine alguém dentro do próprio Palácio...

– Não se preocupe – disse Willow, vendo que Menino estava perturbado por aquilo. – Nós estamos juntos outra vez.

– Mas o que você pensou quando eu faltei ao nosso encontro no Chafariz?

– Eu sabia que você não tinha simplesmente me abandonado. Mas fiquei tão preocupada...

– Como você descobriu que eu estava aqui?

– Por causa da pena. Eles deixaram uma pena branca caída na casa. Kepler disse que era da Guarda Imperial.

– E estava certo. Devo agradecer a ele por isso, ao menos.

Willow deu de ombros.

– Eu não gosto dele. Acho que está tentando ajudar, mas realmente não gosto dele.

– Ele veio até aqui para me pegar de volta, não é?

Willow assentiu.

– Eu não entendo – disse Menino. – Sei que ele pensa que eu pertenço a ele, agora que Valerian se foi. Mas você não acha espantoso que ele arrisque a vida para fazer isso?

– Não importa – disse Willow. – Nós podemos esquecer Kepler. Menino, vamos simplesmente fugir agora mesmo e recomeçar a vida, como tínhamos planejado.

– Vamos – disse Menino.

– Só tem uma coisa. Nem sei se existe um momento bom para contar isso a você, portanto vou dizer logo.

– O que é? – perguntou Menino, surpreso por se sentir subitamente assustado.

Willow hesitou.

– O que é? – perguntou Menino. – Fale!

– É sobre Valerian, Menino. Ele não é seu pai.

Menino ficou calado, mas fez uma expressão de dor, como se houvesse levado um golpe.

– Isso não é verdade – disse ele. – Como você pode saber?
– É verdade, Menino – disse Willow com delicadeza. – Eu descobri pelo Kepler.
– Ele contou isso a você?
– Não disse exatamente essas palavras. Nós estávamos falando de você. Na verdade, estávamos discutindo. Eu disse que ele tinha feito muito mal a você. Que ele não deveria ter nos separado. E que não deveria ter mandado você voltar à Casa Amarela, poucos dias depois de ver seu pai morrer lá.
– O que ele respondeu?
– Ele gritou que o seu pai não estava morto. Que ele só dissera isso a Valerian para que você sobrevivesse.

Menino ficou sentado sem dizer coisa alguma, abanando lentamente a cabeça enquanto Willow falava.

– Ele apostou que Valerian acreditaria nele. Apostou que Valerian tinha um lado que desejava ser pai. E que esse lado não seria egoísta a ponto de matar o próprio filho. Valerian nos contou que fez o tal pacto para poder passar uma noite com a mulher que ele desejava. E passou, mas na manhã seguinte foi novamente rejeitado por ela. Kepler me disse algo de que eu já suspeitava. Ele também amava a tal mulher. Ela se chamava Helene. Foi por isso que os dois brigaram, transformando a antiga amizade em inimizade. Nenhum deles tornou a ver Helene, mas Kepler sabia que podia usar aquela história para fazer Valerian acreditar que você era filho dele, mesmo que por um curto período. Na realidade, foi longo o suficiente para que Valerian morresse no seu lugar. Mas ele não é seu pai. Não é.

– Então quem é?! – exclamou Menino. – Quem é?
– Não sei – disse Willow. – Kepler não quis me contar. Quando insisti numa resposta, ele ficou irritado e me mandou ir dormir.

Ela parou de falar. Ficou tentando pensar em algo para dizer a Menino, que estava sentado com a cabeça entre as mãos. Mas não conseguia encontrar palavras que pudessem ajudar.

Por fim, disse apenas:

– Eu sinto muito. Vamos pelo menos sair daqui? Mais tarde teremos tempo para pensar.

Menino ergueu o olhar para ela.

– Não – disse ele.

– O que você quer dizer? – perguntou Willow.

– Quero dizer não. Eu não vou a lugar algum. Só depois que tiver algumas respostas. Não quero pensar sobre as coisas mais tarde. Quero respostas agora.

Willow colocou a mão no braço de Menino. Mas ele não correspondeu. Levantou e olhou para ela sentada ali. Willow jamais vira Menino daquele jeito.

– Eu cansei, Willow – disse ele. – Cansei de não saber quem eu sou, quem eram meus pais, e onde eu nasci. Nem nome eu tenho!

– Tem, sim. Você se chama Menino. Você me contou que...

– Pouco me importa o que eu contei a você! Eu quero um nome decente. Quero saber quem eu sou! E não vou a lugar algum antes de ter umas respostas.

– Por favor, Menino, vamos embora. Vamos primeiro sair deste lugar ruim, e depois pensar sobre as coisas. Por favor...

– Não – disse Menino. – Eu vou ficar aqui.

– Mas o que isso vai adiantar?

– O livro está aqui, não está? – disse Menino. – Maxim só vem fingindo que o livro está aqui... mas é verdade. Kepler trouxe o livro, não trouxe?

Willow olhou para o chão.

– Acho que trouxe – disse ela em voz baixa.

– Então eu vou consultar o livro.

– Não! – disse Willow, agarrando o braço dele com força. – Você sabe o perigo que corre! Não pode fazer isso.

– Pouco me importa se é perigoso ou não. Você não ouviu o que eu disse? Quero saber a verdade a meu respeito agora, seja qual for o risco. Preciso saber!

Willow abanou a cabeça.

– Mas nós não temos como fazer isso. Acho que o livro está no embornal que ele trouxe. É muito pesado, e vi poucas coisas saírem dali. Mas ele nunca me deixa sozinha. Nós jamais ganharíamos a oportunidade de espiar lá dentro.

– Então vamos criar uma oportunidade – disse Menino. – Não há problema algum.

Willow ficou olhando para Menino. Havia nele algo novo, algo mais forte do que ela jamais vira.

– A única dúvida é... você vai me ajudar? – disse Menino.

Willow levantou e ficou segurando as mãos de Menino durante muito tempo. Sorriu, olhando para os olhos dele.

– É claro que eu vou ajudar você. Nós agora estamos juntos, entende?

Menino sorriu e se inclinou. Beijou Willow, e depois ficou mais sério novamente, recuperando aquele ar decidido.

– Então escute só – disse ele. – Nós não temos muito tempo. Maxim está prestes a fazer sua jogada. Depois disso, vai matar todo mundo. Você, eu, Kepler, os alquimistas e os astrólogos. Ninguém estará a salvo quando Frederick se tornar imortal. Amanhã nós iremos à Corte. Kepler também será chamado. E teremos a chance de consultar o livro. Agora eu vou lutar, Willow. Passei muito tempo oprimido, e vou acabar com isso já.

Willow sorriu e assentiu. Só gostaria de estar tão segura quanto Menino parecia estar.

11

Ele tinha razão. Maxim estava pronto para fazer sua jogada. Ao acordar na manhã seguinte, Menino encontrou a jovem criada dentro do quarto.

– O que foi? O que está acontecendo? – disse ele, saindo da cama e coçando o nariz.

– Hoje é o dia! – declarou a rapariga.

– Do que você está falando?

– O Imperador. Hoje à noite, na Corte, Maxim vai fazer com que ele vire imortal.

Menino teve vontade de rir.

– Você não percebe? – perguntou ele à rapariga, enquanto se vestia. – Não entende coisa alguma sobre este lugar? O que você acha que vai acontecer depois que Frederick virar imortal?

– O quê? – perguntou a rapariga, surpresa.

– Se depender de Maxim, ninguém estará a salvo. E Frederick simplesmente ficará cada vez mais louco, sem jamais parar.

A rapariga ignorou o que ele dizia, e começou a arrumar as coisas no aposento, dizendo sem sorrir:

– Alguém não foi convidado... você.

Menino ergueu uma das sobrancelhas.

– Maxim mandou que você permanecesse aqui.

Menino sorriu. Aquilo poderia funcionar a seu favor. Talvez ele conseguisse chegar ao livro, enquanto todos estivessem ocupados na Corte.

Ele cruzou até a janela, fazendo cara feia para a neve que caía. Já se cansara daquilo. Acreditara que seria ajudado pela neve, confiando que aquela brancura cobriria para sempre todo o horror, mas se enganara. Praguejou contra a neve, mas também contra si mesmo, por ser idiota e achar que poderia ser salvo por aquilo. Ele próprio precisaria se salvar.

12

O Palácio inteiro estava em ebulição. A notícia se espalhara da mais alta torre de sinos até o porão mais baixo. Todos falavam da imortalidade do Imperador.

Formara-se um grande tumulto na Antiga Torre do Sul, onde os astrólogos e demais conselheiros de Frederick estavam alocados. Willow e Kepler ficaram escutando os debates, durante o café da manhã comunitário que eles tomavam no refeitório da Torre. Havia desacordo sobre o significado daquilo, e sobre exatamente o que Maxim faria. Também se ouviam muitas discussões sobre o livro e sua real existência, pouco importando se Maxim estava com o exemplar ou não.

Kepler ficou olhando em silêncio para o prato à sua frente. Ele e Willow eram as únicas pessoas no refeitório que não estavam discutindo os próximos acontecimentos.

– Não seja tão óbvio – sibilou ela.

Kepler ergueu o olhar, e percebeu do que ela estava falando.

– Vamos voltar para os nossos aposentos – disse ele.

– O que você acha que Maxim vai fazer? – perguntou Willow, enquanto os dois subiam a escadaria em espiral que levava ao andar deles.

– Não sei. Só o que ele diz, provavelmente.

– Mas o livro não está com ele – disse Willow. – Está com você, não está?

– Fique quieta!

Eles haviam chegado a seus aposentos no último andar da Torre. Kepler fechou a porta rapidamente depois de entrar.

– Está comigo, sim. Mas, se alguém descobrir isso, será praticamente o nosso fim. Ter o livro já significa morrer! As pessoas são capazes de matar para botar as mãos naquilo. Portanto, fique quieta.
Ele cruzou o aposento, furioso.
– Mas por que você trouxe o livro para cá?
– Não podia correr o risco de deixar aquilo em lugar algum. Não existe local seguro. Eles já haviam vasculhado a Casa Amarela. Se seguissem o rastro de Valerian até mim, como sem dúvida farão mais cedo ou mais tarde, procurariam na minha casa também. O único lugar seguro é onde eu possa ficar de olho no livro.
– Mas o que nós vamos fazer? – perguntou Willow. Ela sabia muito bem quais eram os seus planos com Menino. Mas se os planos de Kepler atrapalhassem, a situação poderia ficar muito complicada.
– Não sei. A coisa tomou um rumo diferente do que eu planejava. E depois que Maxim fizer seu número hoje...
– Você quer dizer que nos enfiou aqui sem saber como sair novamente?
– Entrar era a parte difícil, mas não é isso que estou dizendo. Se eu conseguir rearranjar as coisas conforme planejara, não precisaremos nos preocupar em sair novamente.
– Como assim? – perguntou Willow.
– Já chega. Mais tarde você verá. Agora me conte sobre o que você e Menino conversaram ontem.
– Não! – disse Willow. – Eu quero saber do que você está falando. Por que nós não precisaremos nos preocupar em sair?
– Eu já disse que chega! Conte sobre o que você e Menino conversaram na Corte.
– Como você espera que eu conte alguma coisa, se não confia seus planos a mim? Pode perder a esperança!
Kepler bufou, foi até a janela, e lançou o olhar sobre a Cidade lá embaixo.
Willow ficou observando Kepler. Depois seu olhar foi atraído para o grande embornal de couro que jazia sob a cama dele.

A boca do embornal estava ligeiramente aberta. Embora não pudesse ter certeza, Willow achou que o canto de um livro estava aparecendo ali. Não se tratava de um livro qualquer. Era um volume imenso e pesado... o livro. O Livro dos Dias Mortos. Fora durante esses dias que Valerian morrera.

E agora Menino queria consultar aquelas páginas. O coração de Willow disparou.

13

Menino passara o dia ociosamente, trancado na sua prisão luxuosa, até o anoitecer. Logo começaria a cerimônia na Corte. Ele estava preparado, aguardando um bom momento para se esgueirar dali e ir até a Torre.

Iria até a Torre, acharia o livro, e então...

Então ele saberia quem e o que realmente era. Se Valerian não era seu pai, então quem era? Kepler deveria saber. Caso estivesse interessado nisso, ele com certeza já consultara o livro o suficiente para saber tudo sobre Menino. Parecia ter ficado obcecado por ele, querendo controlar Menino como Valerian controlara. Menino só podia achar que Kepler tinha todas as respostas.

E Valerian? Menino pensou profundamente sobre seu antigo patrão. Apesar de toda a dor e mágoa que sofrera, ele nada encontrou em seu coração por Valerian. Nada além de tristeza. Tristeza pela morte dele, e pelas brigas permanentes entre os dois. Mas, além desses pesares, havia uma tristeza maior.

Por Valerian não ser seu pai, afinal.

Maxim podia não querer a presença de Menino durante a cerimônia, mas Frederick discordava. Mais uma vez, ele ordenara que seu novo brinquedo fosse trazido à Corte.

Menino maldisse a sorte, e foi caminhando com um guarda pelo Palácio.

Diante da entrada da Corte, o próprio Maxim estava esperando. Dispensou o guarda, aguardou que ele se afastasse, e ameaçou:

– Você só falará alguma coisa se eu mandar.
Menino fingiu ficar intimidado. Seria bom Maxim pensar que ele estava assustado demais para agir.
– Esse velho gagá quis a sua presença aqui. Você virou o seu bicho de estimação predileto. Nada posso fazer quanto a isso. Ainda não. Portanto, trate de se comportar bem.
Menino assentiu.
Maxim abriu a porta e eles entraram.
Mais uma vez o Palácio superara sua própria magnificência. O salão fora decorado com estandartes e bandeiras. Faixas de seda vermelha e dourada estavam penduradas por toda parte. Incrustadas no tecido, viam-se joias que refletiam a luz emanada por quatro lustres enormes que pendiam do teto lindamente pintado. O aposento estava lotado de gente, muito mais do que era costumeiro. Menino procurou Willow em torno. Mas nem ela nem Kepler estavam à vista.
Só era possível ficar em pé, e, mesmo assim, com dificuldade. Menino se espantou com a riqueza que cada pessoa presente ali ostentava. Até os membros mais insignificantes do Palácio trajavam roupas elegantes, que talvez só saíssem do armário nas ocasiões de maior importância. E não poderia existir ocasião mais importante do que a Conquista da Imortalidade pelo Imperador Frederick.
Uma fanfarra soou no aposento. O Imperador entrou carregado numa grande cadeira enfeitada com mais fitas vermelhas e douradas, suspensa entre duas varas sustentadas por quatro homens. As pessoas precisaram se apertar mais ainda para dar passagem a ele. Levou algum tempo até que o pequeno cortejo atravessasse a Corte apinhada de gente e chegasse ao pedestal.
Uma vez lá, Frederick aboletou-se no trono como de costume, encarou a assembleia, e sorriu. Menino quase sentiu pena dele, mas ficou apavorado quando se viu alvo do olhar do Imperador.
– Menino! Você está aí. Venha para cá! Seu lugar é aqui.
Menino hesitou e olhou para Maxim, que inclinou levemente a cabeça.

— Seu lugar é aqui — repetiu Frederick devagar. — Você é um servo bom e fiel do Império. Se mais desses idiotas agissem com a sua rapidez de raciocínio, talvez não tivéssemos levado tanto tempo para chegar aonde chegamos hoje...

Maxim e Menino se posicionaram junto ao pedestal. Frederick olhou em volta outra vez e tossiu.

— Meu povo, hoje é um grande dia — disse ele com sua voz fraquejante. — Graças ao meu trabalho e esforço, hoje conseguirei uma coisa maravilhosa. Sou um homem idoso, e não tenho herdeiro para o trono. Mas esse problema deixará de existir. Criei uma solução soberba. Tudo será resolvido. O povo não ficará privado de seu adorado Imperador depois da minha morte, pois eu não vou morrer. Dentro de poucos instantes mandarei Maxim fazer... seja lá o que ele precise fazer... e me tornarei imortal!

Ouviu-se um arquejo, e depois um murmúrio pelo salão da Corte. Todos já sabiam que o velho Imperador vinha buscando aquilo, mas, mesmo assim, era chocante ouvir as palavras serem ditas por ele.

Frederick franziu a testa para Maxim.

— Por que eles não aplaudem? — perguntou ele.

— Estão tão felizes que não conseguem expressar o que realmente sentem, Majestade — disse Maxim, meneando a cabeça para um guarda. Menino viu o sujeito desembainhar a espada um pouco, e lançar um olhar irritado para algumas pessoas à sua volta. Elas começaram a aplaudir imediatamente. Quando mais gente também passou a bater palmas e soltar vivas, o Imperador se recostou no trono, aparentemente satisfeito.

Maxim mordeu o lábio e passou a mão pela careca. Permitiu que os aplausos se prolongassem por um ou dois minutos, pensando que seria conveniente alegrar o Imperador ao máximo. Mas, por fim, ergueu a mão.

— Leais servos e servas do Trono Imperial, lordes, damas, duques, duquesas, marqueses e marquesas, vejam! Hoje é o primeiro dia de um capítulo novo na história do Império, e todos nós somos testemunhas disso. Eu tive acesso a conhecimentos que permaneciam ocultos, mas que já não estão escondidos, pois caíram em minhas mãos. São conhecimentos que livrarão nosso Imperador das restrições da mortalidade. Depois de fazer certos preparativos cuidadosos, estou prestes a realizar um ritual que outorgará a vida eterna ao Imperador Frederick, o Magnífico!

Maxim fez uma pausa. Depois de um instante, um viva discreto ressoou na multidão ali reunida.

– É claro que esse ritual é igualmente delicado e poderoso – continuou Maxim. – Não pode ser testemunhado diretamente. Nós começaremos agora mesmo.

Ele meneou a cabeça outra vez para dois guardas parados perto do trono.

– O biombo! – exclamou ele.

Um grande biombo de seda vermelha, com uma moldura de madeira, foi colocado à frente dos três lados dianteiros do pedestal, escondendo Frederick completamente. Ao desaparecer, o Imperador ainda tinha um sorriso abobalhado no rosto. Ergueu a mão para o povo, e sumiu.

Menino ficou parado junto ao pedestal, olhando para Maxim, que bateu palmas. Vindo do fundo do salão, outro criado trouxe uma bandeja com alguns objetos. Sem dúvida, eram artefatos mágicos, mas nada ali parecia ser capaz de tornar alguém imortal, na opinião de Menino. Ele viu apenas uma vareta, uma taça, uma poção e certas ervas, enquanto a bandeja era erguida ao pedestal e levada para trás do biombo.

Menino continuou observando Maxim, e subitamente pareceu lembrar de algo. Ficou com a sensação de já ter visto aquela cena em algum lugar. Descrevera essa sensação uma vez para Valerian, que lhe dissera que aquilo tinha um nome francês... *déjà-vu*. Já visto, dissera o mágico.

Era isso que Menino estava sentindo ao observar Maxim, mas aquela sensação de *déjà-vu* tinha uma explicação prosaica. Ele já vira Valerian fazer aquilo incontáveis vezes no palco, usando um discurso floreado, alguns objetos de cena e um biombo. O mágico fazia exatamente aquilo no palco, criando uma ilusão qualquer e levando uma plateia inteira a acreditar em algo impossível.

Qual seria a jogada de Maxim?

Ele avançou até a frente do pedestal outra vez, exatamente como Valerian avançava até o proscênio do palco, para garantir que tinha a atenção da plateia antes de realizar o truque.

– Vejam! – exclamou ele. – Dentro de alguns instantes, nosso Imperador será imortal!

E correu depressa para trás do biombo.

Um murmúrio se espalhou pelo aposento, impedindo Menino de ouvir o que acontecia atrás do biombo. Mesmo da posição em que estava, porém, ele conseguia discernir umas formas difusas se movimentando ali. Talvez aquilo fosse intencional, talvez não. Mas a luz dos lampiões nas paredes atrás do pedestal lançava as sombras de Maxim e do Imperador sobre a seda do biombo.

Menino continuou olhando, e percebeu que outras pessoas já haviam notado a mesma coisa. Era difícil saber exatamente o que estava acontecendo, mas ele viu Maxim entregar a Frederick a tal taça, que o Imperador levou aos lábios.

O coração de Menino disparou. Era isso! Maxim ia simplesmente envenenar Frederick. Bem na frente de todos, ele envenenaria o Imperador. Depois alegaria que ele morrera durante o árduo processo de tentar alcançar a imortalidade.

Menino avançou, mas foi visto e detido por um guarda. Então viu Frederick beber o conteúdo da taça. Aguardou um urro de dor, ou a queda de Frederick ao chão, mas nada aconteceu. O Imperador simplesmente devolveu a Maxim a taça, que foi colocada de volta no lugar.

As formas continuaram se mexendo, mas Menino já não conseguia enxergar o vulto de Frederick. Maxim andava em volta do trono. Agitava as mãos, apanhava outras coisas na bandeja, e recolocava tudo no lugar. Por fim, até os seus movimentos cessaram, deixando um vazio absoluto atrás do biombo. Os murmúrios da Corte foram aumentando.

O guarda que segurava Menino ficou fascinado pelos acontecimentos. Esqueceu da presença dele e deu um passo na direção do biombo. Depois deu outro. Quando já ia enfiar a cabeça em torno da moldura, o biombo foi derrubado e desabou pedestal abaixo. Maxim surgiu com os braços erguidos.

– Vejam! – exclamou ele outra vez. – O Imperador Frederick agora é imortal!

Houve um silêncio atordoado. Depois ouviram-se palmas, assobios e gritos. O Imperador continuava sentado no trono, tal como antes. Menino percebeu que ele estava vivo, mas também que havia algo de errado. Frederick ainda tinha aquele sorriso abobalhado no rosto, mas seus olhos pareciam desfocados, percorrendo o aposento do chão até o teto.

Menino olhou para a taça emborcada, que nada mais continha. Depois olhou novamente para o Imperador. O que Maxim dera a ele?

As pessoas começaram a avançar, vendo que Frederick não movia um músculo. Os astrólogos e alquimistas aguçavam o olhar para o Imperador. Maxim se postou na frente de um deles, que se aproximara mais do que os outros.

– O que há de errado com ele? – perguntou alguém.

– Nada! – disse Maxim. – O processo é exaustivo. Levará algum tempo para os efeitos desaparecerem, e então... sim! Vejam! Sua Majestade já está se recuperando! Mas não... é mais do que isso. Pois agora ele é imortal!

Era verdade. O Imperador estava voltando ao normal.

Frederick se levantou. Era um ato perfeitamente normal, mas provocou um arquejo na multidão. Todos recuaram.

– Acabou tudo? – perguntou ele a Maxim. – Eu já sou imortal?

Mas sua voz não estava normal. Havia algo de errado naquilo, algo que Menino não conseguia identificar. Era como se ele estivesse falando num sonho.

– Ah, sim – disse Maxim em tom confiante. – Vossa Majestade agora é imortal. E, sendo assim, tenho certeza de que não verá mais necessidade da presença de certas pessoas na Corte.

Menino olhou em volta. Viu alguns guardas perto das paredes da Corte, rumando para o ponto onde ele e os astrólogos estavam. Por fim, avistou Willow e Kepler junto dos demais conselheiros.

Frederick assentiu.

– Eu sou imortal – disse ele, mais para si mesmo do que para os outros. Sua voz parecia mais normal.

– Imortal – repetiu Maxim. – Portanto, já não há necessidade de manter esses videntes inúteis aqui.

Menino finalmente entendeu. Percebeu a coisa toda, e compreendeu por que Maxim dissera que fora ele quem indicara a solução. Uma solução absolutamente final para alguns deles.

– Não! – exclamou Menino, dando um salto à frente. – Não! É um truque!

Ele foi agarrado por um guarda e jogado ao chão. Lutou até se libertar e correu para o pedestal, subindo os degraus.

– É um truque! É um truque!

Maxim avançou para pegar Menino com dois outros guardas, mas Frederick se meteu entre eles.

– Parem! – exclamou ele, fazendo os guardas hesitarem.

Mas Maxim não hesitou. Agarrou Menino e estendeu a mão para um dos guardas.

– Depressa! Passe sua espada para mim.

– Nada disso! – uivou Frederick para o guarda, que permaneceu onde estava. – E você, Maxim, também vai esperar até ouvirmos o que Menino tem a dizer. Ele foi fiel a nós uma vez, e vamos ouvir o que ele tem a dizer. Se for falso, ele morrerá, mas eu serei o juiz disso! Eu sou o Imperador imortal, e serei ouvido!

Maxim ficou imóvel.

– O Imperador não pode aceitar a palavra desse menino contra a minha! Eu ofereci a Vossa Majestade o maior...

– Silêncio! – uivou Frederick, tão alto que Maxim se assustou. – Menino, o que você tem a dizer? Tome bastante cuidado com o que vai falar.

Menino levantou do chão e se afastou de Maxim, olhando em torno da Corte. Viu o medo no rosto de Willow, e sentiu sua força retornar.

Então apontou para Maxim.

– É um truque! Ele não tornou você imortal. Não fez coisa alguma, além de drogar você por uns dez minutos. Ele está blefando.

– Como assim?

Maxim deu um passo na direção de Menino, com uma expressão ameaçadora no rosto. Menino recuou um passo, mas continuou falando.

– Eu dei a ideia para ele.

– Que ideia?

– Sobre a imortalidade. Perguntei a ele... como alguém pode saber que é imortal antes de morrer?

Houve um silêncio total.

Depois Frederick disse:

– Eu... o quê? Eu...

– É muito simples – disse Menino. – Como alguém pode saber que é imortal, a não ser que morra? Você está disposto a descobrir? Ele está tentando enganar você, porque não existe outra maneira de descobrir.

Então as pessoas compreenderam.

O Imperador também, e virou para Maxim.

– Isso é verdade?

Maxim lutou para manter a calma. Menino sabia que ele se denunciaria, se perdesse a tranquilidade naquela hora.

– Claro que não! É mentira desse fedelho! É melhor mandar que ele seja preso e esquartejado imediatamente.

Maxim fez sinal para um guarda, que foi novamente detido por Frederick.

– O próximo homem que seguir as ordens de qualquer outra pessoa morrerá. Todos vocês obedecem a mim, e não a Maxim. Por que você diz que o Menino está mentindo, Maxim?
– Porque ele é um pivete mentiroso. Vossa Majestade não pode...
– Ele nem tem o livro! – exclamou Menino. – Peça a ele que mostre o livro!
O rosto de Maxim estava desfigurado de raiva, mas ele ainda conseguia falar com calma.
– Não há necessidade do livro. É algo por demais poderoso para ser trazido até aqui.
Frederick fez um gesto para que ele se calasse.
– Traga o livro aqui, Maxim.
Maxim ficou calado, completamente imóvel.
– Se não me trouxer o livro agora, Maxim, você morrerá.
Era demais. Maxim estava encurralado. Não havia como fugir.
– Não! – urrou ele. – Eu não tenho esse livro maldito! E você não é imortal! Como poderia ser? Isso é impossível!
Frederick encolheu o corpo, como se houvesse sido golpeado.
– Traidor! – urrou ele.
– Seu velho idiota! Achou mesmo que eu poderia tornar você imortal?
Maxim riu amargamente, e estendeu a mão para a multidão.
– Olhe para eles! Todos estão esperando que você morra há anos! E por quê? Porque você não tem herdeiro! Em vez disso, queria ser imortal. Você é mais idiota do que eu pensava, Frederick. Além de mentiroso. Pois você tem um herdeiro, não tem? Por que não conta a história para todo mundo?
– Guardas! Matem esse homem! – berrou o Imperador apressadamente. – Matem esse homem!
Maxim riu, foi recuando ao lado do trono, e correu para trás da imensa cadeira. Apertou algo na parede, e uma porta secreta se abriu. Ele desapareceu, e a porta se fechou.
Um guarda correu até lá, e tentou achar a trava que Maxim usara.
– Está trancada por dentro – disse ele.

Frederick estava louco de fúria. Praticamente pulou sobre o trono e ficou parado lá, tremendo.

– Encontrem esse homem! Vasculhem o Palácio. Fechem todas as saídas! Tragam Maxim para cá!

A TORRE

O lugar da revelação

1

A Corte virara um pandemônio.

Os guardas corriam de um lado para outro, enquanto Frederick gritava ordens em cima do trono.

Willow aproveitou uma oportunidade e correu para Menino. Kepler foi apressadamente atrás dela, abrindo caminho pela multidão, mas Willow era mais rápida e ágil.

– Depressa! – disse ela para Menino. – É a nossa chance.

– Kepler está atrás de nós!

– Ele não pode seguir os dois ao mesmo tempo. Vamos nos separar e reencontrar na Torre do Sul. Você sabe o caminho?

Menino assentiu.

– Então vá! – disse ele, empurrando Willow para longe. Ela foi cambaleando até a porta, enquanto Kepler alcançava Menino.

– Peguei você! – disse Kepler. – Venha comigo. Preciso de você.

Menino conseguiu se soltar. No meio do caos generalizado, ninguém dava a menor atenção a eles.

– Não! – exclamou ele. – Eu não quero.

– Mas aqui você não está seguro – gritou Kepler.

– Eu sei disso! – Riu Menino. – Aqui ninguém está seguro.

– Você não entende – disse Kepler. – Você é meu. É tudo que eu preciso.

– Fique longe de mim! – exclamou Menino.

Ele virou e começou a abrir caminho na multidão. Kepler seguiu atrás dele, tentando passar pelas pessoas, mas sem conseguir acompanhar aquele ritmo. Menino estava acostumado a enfiar seu corpo pequeno em lugares apertados, e rumou para uma das portas. No meio do aposento, porém, o barulho reinante se multiplicou por dez.

Gritos soaram junto à porta, e um grande número de pessoas recuou às pressas da entrada principal da Corte. No pânico geral, Menino viu senhoras sendo esmagadas e homens fugindo aos berros, enquanto um círculo se abria na multidão.

Maxim estava se aproximando de Frederick, que continuava a dançar loucamente no trono. Mas não vinha sozinho. Trouxera alguém, ou melhor, algo preso na ponta de uma corrente de ferro, que segurava. Era uma criatura que se debatia, rosnava e cuspia.

O Fantasma.

Aquilo só podia ser a criatura que Menino encontrara nos túneis, agachada sobre sua vítima na neve pisoteada.

Gritos ecoaram nos céus pintados no teto. Alguns cortesãos desmaiaram ao ver o Fantasma ser conduzido a contragosto pelo iluminado Salão da Corte. A criatura escorregava no piso polido, lutando para se manter sobre os pés, que eram fortes e calosos. Apoiava-se nas mãos, movimentando-se feito um macaco, mas, na realidade, era um ser humano pavorosamente deformado, como Menino podia perceber. O Fantasma puxava a corrente, tentando fugir do mundo luminoso a que fora arrastado. Mas Maxim era um homem forte, e continuou andando em linha reta na direção de Frederick.

Ninguém no aposento se mexia. Menino olhou para o Imperador. No rosto dele havia horror, raiva, medo, nojo e repulsa. Estranhamente, porém, não se via surpresa alguma.

– Pronto! – gritou Maxim.

Ele chegou ao pedestal, virou, e puxou a corrente com força. O Fantasma se desequilibrou completamente e ficou caído no chão, tentando, sem sucesso, se pôr de pé novamente.

– Pronto! Povo lindo!

Fez-se silêncio no aposento. Todos olhavam boquiabertos para a criatura que se debatia aos pés de Maxim.

– Aí está o nosso Imperador... Frederick, o Magnífico! Frederick, que desejava se tornar imortal por não ter herdeiro, um filho como sucessor. Mas ele mente! É mentira dele! Pois há uma história a ser contada. Há quinze anos, ele teve uma consorte. Sophia Beebe! E o livro profetizou que haveria um herdeiro. Essa parte alguns de vocês sabem. Talvez recordem que a família Beebe foi desonrada, e acreditem que o rebento morreu! Mas é tudo mentira! Você quer um filho, Frederick? Pois aí está ele! Essa coisa assassina, mantida oculta de todos há quinze anos. Seu filho, Frederick! Seu filho, este monstro!

Frederick ficou parado em cima do trono, pasmo de horror. Olhou para o Fantasma, e depois para o povo. As pessoas começaram a soltar exclamações de medo e vergonha diante do que estavam testemunhando.

O Fantasma já se pusera de pé. Ficara agachado, cuspindo e lutando contra a corrente curta. Menino não conseguia desviar os olhos dele. Havia ali algo de ofensivo, porém fascinante. A criatura era apenas uma criança na realidade, mas deformada, e forte demais para sua idade.

Em tom baixo e fraco, Frederick disse:

– Não, isso não...

– Não minta! – gritou Maxim. – Você sabe disso tão bem quanto eu, tão bem quanto Bedrich sabia! Ele era a única outra testemunha daquela época! Você não queria um herdeiro? Pois este é o legítimo herdeiro do seu trono.

– Guardas! – urrou Frederick. – Prendam esse homem! Prendam esse homem! E levem essa... coisa... embora!

Maxim soltou um rosnado quando se viu cercado por três guardas. Rapidamente, ele soltou a corrente presa ao pescoço do monstro, e começou a recuar.

Um dos guardas avançou para Maxim. O Fantasma achou que estava sendo atacado. Mais depressa do que Menino imaginava ser possível, pulou em cima do guarda e cravou-lhe as garras. O sangue jorrou sobre o piso polido, e as pessoas gritaram.

O caos que cessara durante o discurso de Maxim voltou num instante, com muitos berros e empurrões.

Outro guarda tentou dar um golpe de espada no Fantasma. A criatura pulou por cima da lâmina, e, ao pôr os pés no solo outra vez, despachou com facilidade o agressor.

Maxim saiu correndo. O Fantasma, enlouquecido de medo e fúria, atacava qualquer um que se aproximasse.

Menino se juntou aos que fugiam do aposento, mas tropeçou e caiu em cima de várias outras pessoas. Kepler desaparecera, mas o pânico parecia universal. Lá atrás o furor continuava, enquanto o monstro ensandecido agredia indiscriminadamente as pessoas. Menino levantou-se, e viu que estava sangrando. Caíra sobre a espada de um dos guardas. A lâmina era tão afiada que ele nada sentira a princípio. Estava sangrando devido a um corte no seu antebraço. Segurou o braço com a outra mão e fugiu para salvar a vida. Precisava ir para a Torre do Sul e encontrar Willow.

Conseguiu chegar até a porta, e tentou descobrir qual caminho deveria seguir.

Dentro da Corte, a gritaria continuava. Frederick pulava em cima do trono, repetindo sua arenga, mas não conseguia ser ouvido. Já estava delirando loucamente, depois de encarar a criatura horrenda que tentara ocultar durante quinze anos.

O Fantasma continuava solto. Ao ver uma brecha na multidão, saiu correndo em direção à porta. Ninguém se aproximou para deter a criatura. Mais de dez guardas que haviam tentado fazer isso jaziam no chão, gravemente feridos.

Quando saiu da Corte, o Fantasma viu uma coisa que adorava. Sangue. Uma trilha de sangue que seguia pelo piso de mármore do corredor.

O Fantasma foi atrás.

Menino saiu correndo o mais depressa possível, deixando a gritaria para trás. Cruzou o Palácio às pressas, passando por trechos que conhecia e outros que desconhecia. Freneticamente, tentava lembrar a descrição que Willow fizera da rota interior até a Antiga Torre do Sul.

Ele não encontrou pessoa alguma no caminho. Aparentemente, todos no Palácio haviam comparecido à cerimônia da imortalidade de Frederick, e todos haviam testemunhado a farsa encenada. Da mesma forma, todos haviam visto o horror do Fantasma... menos Willow. Menino aumentou o ritmo mais ainda, mas precisava se lembrar do que ela dissera, pois tudo pioraria caso ele se perdesse. Chegando a uma encruzilhada, não conseguiu se lembrar das instruções de Willow. Hesitou por um instante, e depois arriscou dobrar à esquerda. Os anos que passara percorrendo o labirinto de ruas na Cidade haviam lhe dado um bom senso de direção. Ele resolveu confiar em sua intuição.

E acertou. Enquanto disparava por um longo corredor com altas janelas, avistou, à esquerda, a Torre do Sul no meio da neve que caía. O corredor fez uma curva, e ele chegou ao pé da Torre, num vestíbulo pequeno com uma escadaria em espiral.

Anotando mentalmente a posição da porta que levava lá para fora, Menino começou a pular dois degraus de cada vez. Não percebeu os pingos de sangue que estava deixando para trás ao subir.

Os aposentos de Willow e Kepler ficavam no andar mais alto da Torre. Menino soltou um palavrão. As escadas eram muito íngremes e escuras. Ele já não conseguia obrigar as pernas a andarem depressa. Mas pelo menos deveria ser fácil encontrar Willow... ele só precisava chegar ao topo da escadaria.

Subitamente, contudo, ficou impossível subir mais. Menino ergueu o pé em busca do degrau seguinte, e nada encontrou. Cambaleou para frente e olhou em torno.

– Willow? – disse ele em voz baixa.

Não houve resposta. Menino conseguiu enxergar três portas, à frente e dos lados. Como todos estavam na Corte, ou então fugindo do Fantasma aos berros, ele resolveu que podia arriscar um grito.

– Willow! Você está aí?

Menino continuou sem obter resposta alguma, e percebeu que não tinha outra opção. Abriu a porta mais próxima, e imediatamente viu Willow.

Ela estava sentada com as pernas cruzadas no chão, de frente para ele. Ergueu o olhar quando Menino entrou. Mas tinha uma expressão tão estranha no rosto, que ele parou onde estava. Não era um olhar de surpresa, alegria ou alívio... era algo mais, algo como o medo.

No chão diante de Willow, jazia o livro aberto.

Menino ficou emudecido, e apontou para o livro. Depois começou a dizer:

– Você...

Mas parou. Nem sabia o que ia perguntar.

– Menino – disse Willow devagar. Depois notou o braço dele, e arrematou: – Você se feriu!

– Está tudo bem – disse Menino. – Não é muito grave...

– Vou dar uma olhada nisso – disse Willow, levantando.

Menino abanou a cabeça. Eles estavam perdendo tempo.

– Não! – exclamou ele. – O livro. Você leu o livro!

Willow ficou parada feito uma criança culpada, e baixou o olhar para o livro aos seus pés.

– Você leu o livro, Willow! Conte para mim! O que diz lá dentro?

– Menino... eu...
– O que o livro mostrou a você? Fale! Ou eu mesmo vou ler tudo.
– Não! – exclamou Willow.
Menino foi andando até o lugar onde o livro jazia no chão. Willow tentou impedir isso, agarrando o braço dele. Menino soltou um uivo de dor, empurrou Willow com o outro braço, e sentou diante do livro.
– Não! – exclamou Willow, tentando afastar o livro de Menino.
– Quer me deixar em paz? – berrou Menino, empurrando as mãos dela.
– Não, Menino! Não leia isso! Não leia isso! Por favor!
O tom desesperado da voz de Willow impressionou Menino. Ele hesitou.
– Por que não? – disse ele com voz fraquejante. – Por que não? Eu preciso saber.
Willow abanou a cabeça.
– Talvez seja melhor você não saber. Talvez não seja o que você queira ouvir. Talvez...
– Então conte tudo logo, Willow.
– Está bem. Mas antes quero dizer uma coisa para você.
Menino esperou que ela continuasse.
– Quero que você saiba que eu amo você.
Menino não demonstrou emoção alguma. Nada.
– Fale – disse ele em tom baixo.
– Valerian não é seu pai – disse Willow. – Isso é verdade.
– Então quem é? – perguntou Menino.
– Eu não...
– Não vá me dizer que não sabe.
– Não é isso. É só que... eu acho que você não vai gostar de saber. Menino, o seu pai... seu pai é o imperador Frederick.
Menino ficou emudecido, num silêncio atordoado. Uma expressão estranha surgiu em seus olhos. Ele sorriu, e depois começou a rir, mas parou logo.
– Não fale bobagem – disse ele. – Isso é ridículo...

– Eu já li a história toda, Menino. Vi a história toda aqui. Quinze anos atrás, o Imperador teve um filho com uma mulher da família Beebe. Sophia.

– Eu sei disso. A criança tinha um problema. Willow, você não estava lá! É o Fantasma, Willow. Ele cresceu e virou uma espécie de monstro. Foi solto por Maxim dentro da Corte. Enlouqueceu e começou a ferir as pessoas...

Willow não parecia surpresa.

– Eu sei. Vi tudo isso no livro. Li sobre o bebê estranho. Frederick mandou que o filho de Sophia fosse colocado nas masmorras, imaginando que ele morreria lá. Mas isso não aconteceu, nem Frederick teve coragem de matar alguém que era fruto de seu sangue e sua carne. Além disso, ele acreditava que não poderia matar o filho profetizado pelo livro. Achava que seria castigado pela Fortuna se tentasse alterar o rumo do Destino matando a criança. Mas não é desse filho que eu estou falando, Menino. Havia um par de gêmeos. Um, horrendo. O outro, normal. Sophia se horrorizou com o que Frederick fizera ao seu bebê, e ficou enfurecida. Para se vingar, fugiu à noite com a criança sadia. Frederick começou a perseguir a família Beebe. Todos eles foram desonrados da noite para o dia. Ele confiscou as terras e o dinheiro deles. Anulou os títulos que concedera pouco tempo antes. E procurou Sophia por toda a parte. Sabendo que seria perseguida, ela procurou apagar todas as pistas. Fingiu até que a criança morrera. Não sei o que aconteceu exatamente. No livro, eu vi... vi a regata em Linden, e as pessoas tirando da água o corpo de uma mulher. Mas sei que o bebê não morreu. De alguma forma, foi salvo por alguém, cresceu, e virou um menino. Um menino que morou sozinho nas ruas durante anos. Você, Menino. Você. Você é filho de Frederick.

Ela parou de falar.

Menino ficou olhando para Willow como se ela fosse um fantasma. Mas era ele próprio que estava se sentindo um fantasma, e disse:

– Isso não pode ser verdade...
– É verdade. Pode não ser a verdade que você quer, mas mesmo assim é verdade.

Willow estendeu a mão para Menino, mas ele continuou imóvel, sem reagir.

– O que você queria descobrir, Menino? O que você achava que seria uma alegria saber?

Menino abanou a cabeça.

– Eu não... eu não acho...

Ele parou de falar, em busca de palavras. Depois continuou:

– Não sei se eu queria ficar feliz. Eu só queria saber.

– E agora que sabe...

– Não consigo acreditar. Frederick... é meu pai.

– É engraçado. Ele é tão pequeno, como você...

– Engraçado?! – exclamou Menino. – Engraçado? Não é isso que...

– Desculpe! – disse Willow. – Eu só queria dizer...

– Esqueça – disse Menino. – É só que... isso significa que o Fantasma... é meu *irmão*.

Willow assentiu.

– E sabe o que mais isso significa, Menino?

Menino ergueu o olhar para ela.

– O quê?

– Quando Frederick morrer... você será o Imperador.

Menino foi até a janela. Lá fora havia uma pequena varanda. Ele puxou a trava e abriu a estreita porta de vidro.

Willow disse: – Menino...

Ele passou para a varanda, e ficou parado vendo a neve cair. Eram milhares de flocos despencando até o final da sua jornada, como se também estivessem descendo a escadaria da escuridão.

Menino sentiu muita vontade de se juntar àqueles flocos.

Mas isso foi só por um instante, e ele virou novamente, dizendo: – Willow...

– Menino?

– Eu também quero dizer a você algumas coisas. Também amo você. Mas escute. Agora eu sei quem são os meus pais.

Já tenho as respostas que queria. Mas não gostei muito dessas respostas. Sophia Beebe, que morreu há quinze anos. O Imperador.
– Mas ele é seu pai! – exclamou Willow.
– É, mas... foi idiotice minha. Eu estava desesperado para descobrir a verdade. Mas, agora que descobri, vejo que não importa. Isso não muda a pessoa que eu sou.
Willow sorriu, e balançou a cabeça.
– Isso não me altera – continuou Menino. – Eu me enganei, pensando que alteraria. Eu continuo o mesmo, Willow. Sou Menino, que vivia nas ruas, que morou com Valerian, e que agora está apaixonado por você. Eu sou assim.
Willow correu para ele, e os dois se abraçaram apertadamente.
– E descobri que não quero ter coisa alguma a ver com ele – disse Menino. – Não quero ser Imperador. Só você e eu sabemos disso...
– Kepler também sabe.
Menino praguejou.
– É claro!
– Kepler sabe. Era por isso que ele queria chegar a você.
– Para me tirar daqui?
– Não, ele queria trazer você para cá.
Menino abanou a cabeça.
– Não entendi.
– Kepler sabe quem você é. Descobriu isso logo que pegou o livro. Ele traçou o seu horóscopo, Menino. E percebeu imediatamente que poderia usar você. Queria trazer você aqui e apresentar você ao Imperador... você, o filho que Frederick perdera há tanto tempo. Kepler não era exatamente o cientista sem ambição que Valerian achava que ele era. Kepler desejava ter poder, pois passara anos na obscuridade após deixar a Academia. Ele achou que trazendo você aqui com o livro, receberia dinheiro e poder sem limites. Tencionava tomar o lugar de Maxim.
– Não posso acreditar. Era por isso que ele queria desesperadamente ficar comigo?

– Claro, faz sentido. Só que aconteceu cedo demais. A sua vinda para cá, quero dizer. Ele desejava fazer as coisas segundo planejara. Conhecia Maxim, e contou para mim que ele era perigoso. Tinha receio dele, e queria fazer as coisas cautelosamente.

– Mas por que ele disse a Valerian que eu era filho dele?

– Ele só inventou isso como uma tábua de salvação. Sabia que você tinha a idade certa, e disse a Valerian a única coisa que poderia funcionar. Mas tinha outros planos para você o tempo todo... vir para cá, usar você, e assumir a posição poderosa que desejava.

Menino ficou calado, pensando demoradamente em tudo aquilo. Depois voltou a si e virou para Willow.

– Não interessa – disse ele com firmeza. – Só interessa que eu não vou ser Imperador. Nós...

Ele parou de falar subitamente.

– O que foi?! – exclamou Willow.

Menino estava olhando fixamente, por cima do ombro dela, para alguma coisa ali atrás. Quase engasgando, ele disse: – Willow...

Mas não se mexeu.

Sentindo o medo no corpo de Menino, Willow continuou abraçada a ele, mas virou lentamente até conseguir ver.

O Fantasma.

A criatura estava parada no umbral do aposento, olhando com dureza para os dois. Ergueu a mão até a boca, e lambeu um dos dedos. Menino viu sangue no dedo... o *seu* sangue.

O Fantasma deu um passo à frente. À luz do lampião no aposento, Menino pela primeira vez viu o rosto dele com clareza. E finalmente percebeu por que ficara tão horrorizado na noite em que esbarrara com a criatura nos túneis do Palácio. Fora por causa dos olhos do Fantasma. Eram iguais aos seus olhos.

Aquele era seu irmão. Um mutante monstruoso.

Menino e Willow ficaram esperando o ataque, mas o Fantasma continuou parado. Parecia nem ter notado Willow. Só olhava para Menino.

Olhos nos olhos, Menino e o monstro ficaram se encarando. Menino examinou profundamente aquele olhar. Por trás do rosto trágico, por trás da película aguada e cinzenta que cobria os olhos propriamente ditos, ele penetrou na mente do Fantasma.

Havia pensamentos ali? Pensamentos verdadeiros? Ou apenas impulsos... de matar, comer, fugir?

Seu irmão não poderia ser só isso.

Menino respirou fundo, e sorriu.

Depois deu um passo à frente, e estendeu a mão.

O Fantasma olhou para Menino, e inclinou a cabeça de lado, como um cachorro examinando algo. Lambeu o sangue nos seus dedos mais uma vez, e avançou lentamente.

Ouviu-se um tropel de passadas nos degraus, e Kepler irrompeu no aposento.

– Não! – uivou ele, jogando-se sobre a criatura por trás.

Pego de surpresa, o Fantasma caiu ao chão, mas arrastou Kepler na queda, derrubando a mesa e espatifando o lampião. O óleo se espalhou pelo chão, pegando fogo e explodindo um instante depois. O aposento passou a ser iluminado apenas pelas labaredas que lambiam a lateral da mesa emborcada.

Willow gritou.

Menino também gritou:

– Não!

Mas era tarde demais. O Fantasma virou e atacou Kepler, que ao menos viera armado com uma faca.

Horrorizado, Menino ficou olhando enquanto os dois vultos se punham de pé. Eles cambaleavam como se fossem um só corpo, e foram recuando até a mesa em chamas. Instantaneamente, os farrapos do Fantasma se incendiaram. A criatura urrou de dor e golpeou Kepler, que foi lançado para trás até a varanda.

– Não! Parem! Parem! – exclamou Menino. Mas não adiantou.

O Fantasma se lançou correndo atrás de Kepler, que estava se levantando e foi golpeado duramente. O ataque enlouquecido levou os dois abraçados em direção à balaustrada. Menino e Willow viram horrorizados os vultos deles caírem da varanda.

Menino correu para fora, ainda a tempo de ver os corpos em chamas despencarem feito um cometa, através da neve noturna, sobre as lajotas do pátio lá embaixo. Os dois ficaram imóveis.

– Não! – exclamou ele, pouco se importando que o Palácio inteiro ouvisse. – Não!

Willow foi depressa até lá e olhou para baixo. Depois escondeu o rosto no pescoço de Menino.

Ele colocou o braço em volta dela, e disse:

– Vamos.

Seu tom era calmo e forte.

Willow ergueu o olhar para ele.

– Está na hora de partirmos – disse Menino. – Mas antes precisamos fazer mais uma coisa.

Willow assentiu.

O livro.

Eles se viraram para o lugar onde o livro jazia no chão, perto da mesa em chamas. O livro que causara tantas dores e mortes.

Os dois foram juntos até lá, e ajoelharam. O que fizeram a seguir não foi fácil. O livro parecia irradiar hostilidade em direção a eles, como se soubesse. Ambos começaram a tremer quando o ergueram, e subitamente o sentiram muito mais pesado do que antes.

Willow começou a dizer: – Talvez...

– Não – disse Menino em tom decidido, abanando a cabeça. – É o fim.

Eles abriram o livro, folheando as páginas junto às labaredas da mesa.

– Morra – disse Menino entre os dentes. – Morra.

Mas o livro não se incendiava. As chamas pareciam lamber as páginas e a capa, mas não pegavam. Era como se o material fosse impermeável ao fogo.

– Não quer queimar! – exclamou Willow. – Não pega fogo!

– Não! – disse Menino. – Olhe! Acho que...

Ele tinha razão.

O livro chiava feito um tronco de madeira verde. Estalava, ardia e cuspia faíscas chamejantes na direção deles, mas estava pegando fogo.

– Queime! – gritou Menino. – Queime!

O livro estava queimando.

As faíscas chamejantes foram aumentando. Menino e Willow recuaram, quando aquelas páginas antigas, manchadas, sujas, e cobertas de tinta finalmente se incendiaram. Folha após folha, ia pegando fogo. Uma bela chama alaranjada se espalhava pela página, lançando o papel no negrume, antes de evaporar como ardente poeira de carbono.

A cada folha que desaparecia, tanto Menino quanto Willow sentiam o coração ficar mais leve e o medo diminuir.

A capa também pegou fogo, e do couro saíam nojentos rolos de fumaça fedorenta, fazendo os olhos dos dois lacrimejarem.

– Morra – sussurrou Menino. – Vá embora.

Willow segurou a mão de Menino.

– Está na hora de nós irmos embora também – disse ela.

E eles foram.

Menino e Willow foram andando pelas ruas da Cidade. Parecia que estavam voltando depois de anos, ainda que poucos dias houvessem se passado. Tanta coisa acontecera.

    A neve continuava a cair, embora talvez já estivesse diminuindo. Corriam boatos sobre escassez de alimentos, porém. As pessoas pareciam preocupadas, enquanto cuidavam de seus afazeres naquela fria manhã de janeiro.

    Eles haviam arriscado pernoitar na casa de Kepler, após fugir do Palácio. Fora mais fácil escapar do que eles imaginavam, devido ao caos que se instalara em torno da Corte. Havia as pessoas feridas ou mortas pelo Fantasma, os guardas procurando Maxim, e Frederick ainda berrando em cima do trono. No meio daquela loucura, eles haviam conseguido deixar a Torre do Sul despercebidos, cruzando, às pressas, diversos pátios do Palácio, até chegarem a uma das muralhas externas.

    Ainda precisavam descobrir um jeito de sair, e afinal fora a neve que os salvara. Menino percebera claramente a ironia da situação. Ele desejara esquecer tudo por meio da nevasca, mas acabara sendo salvo pela própria nevasca, e de uma forma bastante prosaica. Subindo ao topo da muralha do Palácio, eles haviam avistado um imenso monte de neve acumulado entre aquele ponto e a margem do rio. Os dois haviam tomado coragem e pulado de mãos dadas, rolando pela macia encosta de neve como se houvessem caído sobre um edredom com penas de ganso.

Ao deixarem o Palácio para trás e cruzarem o rio, avistaram a Antiga Torre do Sul toda iluminada pelas labaredas que lambiam os flocos de neve no céu noturno. Faíscas explodiam em meio à neve que caía flutuando.

– É o fim do livro – dissera Willow.

– E aquilo não causará mais sofrimento – retrucara Menino.

Willow sorrira e perguntara: – O quê?

– As pessoas estavam erradas a respeito dele – dissera Menino. – Talvez não fosse só um monstro. Se alguém cuidasse dele, talvez...

– O seu irmão?

Menino assentira.

Pensando em outra coisa, Willow dissera:

– Ele tentou salvar você, sabia? Talvez gostasse mesmo de você.

Ela estava falando de Kepler.

Menino abanara a cabeça e dissera:

– Não. Ele só me queria vivo, e precisava de mim, para conseguir o que desejava.

– Ah! – exclamara Willow, virando e segurando as mãos dele.

– O que foi? – perguntara Menino.

– O livro! Eu vi uma outra coisa no livro – dissera Willow, já percebendo uma expressão alarmada no rosto de Menino.

– O que você viu? – perguntara ele.

– Seu nome!

– Não, não me diga! – exclamara Menino. – Eu não quero saber.

Willow dissera: – Mas, Menino...

– Não! Eu não quero saber. Eu sou Menino, só isso. E é só isso que eu quero ser.

– Mas, Menino, você não entende. No livro eu vi Sophia, a sua mãe, fugindo com você. Foi tudo muito rápido. Ela sabia que precisava escapar com você do castelo, e foi para o campo. Mas nem teve tempo de dar um nome a você.

– Então eu nunca cheguei a ter um nome? – perguntara Menino aparentando calma, sem demonstrar raiva ou dor.

– Não, não – respondera Willow. – Mas no livro eu ouvi sua mãe falando com você o tempo todo, enquanto corria com você nos braços. Falando com você sem parar, abafando os seus gritos, e abençoando você com amor. Ela só chamava você de Menino, meu lindo Menino, meu querido Menino, meu pequeno Menino... só Menino.
Ele se aproximara dela.
Willow puxara Menino para perto, e olhara bem nos olhos dele.
– Menino. Era assim que ela chamava você – dissera ela. – Esse é o seu verdadeiro nome, afinal. Menino.
Willow pusera os braços em torno dele, e ficara abraçada a Menino até as lágrimas dele secarem.

Já na luz pálida da manhã seguinte, os dois estavam partindo. Haviam enchido duas bolsas grandes com roupas, cobertores, e os pertences mais valiosos de Kepler, além de uma boa soma de dinheiro descoberta no gabinete. Isso era tudo que tinham, mas era mais do que qualquer um dos dois já possuíra antes, e eles sabiam que bastaria.
– Provavelmente eles nunca virão atrás de você – disse Willow. – Está tudo muito confuso por lá.
– Eu sei, mas não é só por isso que nós vamos partir.
– E pensar que Frederick andava tão desesperado atrás de um herdeiro, enquanto você estava lá, bem embaixo do nariz dele. Agora só você e eu sabemos... – Willow disse e deu uma risada.
– O que foi? – perguntou Menino.
– Pense. Você é o herdeiro do Império. Mas se nós fôssemos contar isso a alguém... Ninguém acreditaria!
Ela fez uma pausa antes de continuar.
– Você tem certeza disso, Menino? Tem certeza? Você seria muito rico. Poderoso!
Menino olhou para ela.
– Naquele hospício? Com aqueles lunáticos? Não, Willow, nós não precisamos de dinheiro ou poder. Só precisamos ficar

juntos, e ter o suficiente para sobreviver. Acho que faremos isso melhor em outro lugar.

Eles seguiram adiante, em direção aos portões da Cidade.

No caminho, os dois passaram pelo Chafariz de São Valentim. Eles sorriram, mas permaneceram em silêncio até o lugar ficar bem para trás.

– Mas para onde nós vamos? – disse Willow, quando eles chegaram ao Portão do Norte. Já perguntara aquilo várias vezes.

Os dois pararam no limiar do Portão.

Atrás deles jazia a imensa, pavorosa, decrépita, e maravilhosa Cidade. Era quase tudo que eles conheciam do mundo. Todo o passado deles estava ali dentro. À frente, nada havia que os dois pudessem ver, além do vazio branco de um futuro desconhecido e coberto de neve.

– Eu não sei – disse Menino.

– Podíamos ir para Linden. Afinal, você é uma espécie de descendente da família Beebe.

– Depois do que nós fizemos na igreja deles? É melhor não. Em todo caso, acho que eu passei esses anos todos me enganando. Querendo ter um passado. Voltar a Linden seria cometer o mesmo erro. Portanto, vamos tratar de encontrar um futuro, está bem?

Eles se enrolaram nos casacos, e partiram pela paisagem de brancura imaculada. Ao fazer isso, a neve começou a diminuir. Uma pequena brecha se abriu nas nuvens lá em cima. Um sol de inverno fraco, mas ainda capaz de aquecer, brilhou sobre o caminho deles.

EPÍLOGO

Meia-noite na Corte Imperial do Imperador Frederick III. A Corte está deserta.
O Imperador está sentado no trono, ruminando.
– Maxim! – exclama ele, com uma voz ridiculamente aguda. – Onde você está, imbecil?
Ele gesticula na escuridão, e flocos de pele velha saem flutuando pelo ar.
– Maxim, preciso da sua ajuda! Acho que você não entende. Às vezes até acredito que você está tentando me matar! Ouviu isso? Você não faz ideia dos problemas que eu tenho. Deveria me ajudar mais, Maxim. E realmente deveria entender. Eu preciso de uma solução, Maxim. Pois é! E você vai descobrir isso para mim. Maxim, você está ouvindo? Maxim! Maxim!
Dentro da sua loucura, o Imperador clama na escuridão, esquecendo, esquecendo.
Esquecendo que as coisas mudaram, esquecendo o que aconteceu, esquecendo o que ele decretou.

Enquanto isso, bem lá embaixo, acorrentado a uma áspera parede de pedra ao pé da escadaria da escuridão onde o triste filho do Imperador costumava se esconder, jaz Maxim, piscando nas sombras.

Portanto dancem, queridos, dancem,
Antes de descer a escadaria da escuridão.

Impressão e Acabamento:
GRÁFICA STAMPPA LTDA.
Rua João Santana, 44 - Ramos - RJ